U0729420

快餐文学坊报 第二辑·散文

迁徙的鸟

张 毅◎著

新疆美术摄影出版社
新疆电子音像出版社

图书在版编目(CIP)数据

迁徙的鸟 / 张毅著. — 乌鲁木齐：新疆美术摄影出版社：新疆电子音像出版社, 2013.12 （2015 年 3 月重印）
ISBN 978-7-5469-4389-3

Ⅰ.①迁… Ⅱ.①张… Ⅲ.①散文集 – 中国 – 当代②随笔 – 作品集 – 中国 – 当代 Ⅳ.①I267

中国版本图书馆 CIP 数据核字（2013）第 228417 号

选题策划　于文胜
总　主　编　温　倩
本册主编　王　正

迁徙的鸟　张　毅　著

责任编辑	纪旭艳
制　　作	乌鲁木齐标杆集印务有限公司
出版发行	新疆美术摄影出版社
	新疆电子音像出版社
地　　址	乌鲁木齐市经济技术开发区科技园路 5 号
邮　　编	830026
印　　刷	三河市燕春印务有限公司
开　　本	787 mm×1 092 mm　　1/16
印　　张	11
字　　数	123 千字
版　　次	2015 年 3 月第 2 版
印　　次	2015 年 3 月第 1 次印刷
书　　号	ISBN 978-7-5469-4389-3
定　　价	29.80 元

目 录 | Contents

中辑　内心的旅行

上辑　黑夜的记忆

大雨将至

亚洲的风暴整夜地暴骂，在杂草丛生的花园里。

——布罗茨基

　　北方平原。一个不安的中午，天空浓得像一个巨大的雨滴。云层遮蔽着植物组成的地平线。褐色的土坡延伸着孤寂植物叶子的反光。北方瑟缩在恐慌之中。一切都躲到背后：太阳、山峦、树丛、老鼠和蛇，美、正义和善良。火车在通过一座年久失修的大铁桥。从远处即可感觉到列车经过铁桥时的震颤，汽笛尖锐而粗狂，像夏天的裸石划过皮肤。雾气中有一个车站——那是一座由德国人修建的车站，在时光中透着沧桑。我在很多影片中看到过类似的车站，像是雾中的货船。我喜欢那个车站的名字。我在那里度过了贫瘠的童年。如今，那个车站已经废弃。

　　马车的出现没有触动夏天的云层。北方的马、北方的车夫。那是一辆木轮的马车，车轮老的如同祖父的脸。马的眼睛像一首忧伤的俄罗斯民歌，那里有很多内容：比如世事沧桑、比如人类的情感、比如莫测的命运。我一直觉得马是人的同类。在北方有许多这样的马车，他们有时独行，有时排成长长的一排。马铃的声音温暖了我的童年。车上常常载满粮食、柴草，不断往来于村庄的土路上。我常在乡间与这些马车相遇，然后怅然地望着它们一点点远去了。马蹄与车轮的声音在乡村的土路上重叠着。

那个中午，我在一棵树下看蚂蚁搬家。一群黑褐色的蚂蚁排成长长的队伍，匆忙地从一棵树下往高处移动。它们黑褐色的脊背闪着亮光。

马蹄在响，马蹄"嗒嗒"地响着，我是说暴雨来了——在暴雨临近的北方，大地露出不安的面孔。我看见那些动物孤独地逃亡，它们的侧影加重了天空的阴郁。风暴中心，一些暗淡的草影用摇动平衡自己重心。顺眼望去，那些草层次感极强：近的清晰、远的模糊。暴雨以超过马车几倍的速度临近，暴雨让我想起野兽。一个往来于村庄的男孩与马车对峙着，他们相逢于同一场暴雨。他们要去不同的目的地。男孩与车夫及马相互凝视着，然后在雨中消失了。

我不知道暴雨来自哪个方向。我听到风在响。雨让世界接近黑暗，它让夜晚迅速降临，使周围的事物不经意间发生了转变。在很短的时间，那棵树已不是同一棵树。那条河已不是同一条河。雨在光明与黑暗中穿行，石头被反复冲刷，露出洁白的底色，像瓷器的胎面。很远就能听到母亲打破陶罐的声音迅速被雨声覆盖了，雨声和杂物的破败声混杂着，碎片被冲到四处各个角落。大雨袭击村庄的手段清晰可辨，风暴后留下倒伏的谷子，家园只是一个简单的比喻，许多东西被瞬间击破。

尘土的气息穿过夏天，在空中久久不散。这样的气味让我想起很早的早晨，想起北方圆形楼梯通向昏暗的房间。华姐从乡下来到城里，她的手指带着青草的气息。她住在一间狭窄的房间里。北方潮湿的乡下气息从窗户飘出。华姐是来逃避一场她不愿接受的婚姻的。时间、暴雨、无数个虚幻的夜晚在她的心中形成一个死结，直到华姐自缢身亡。她的死隐藏着许多秘密：时代的、家族的以及性格的悲剧。华姐的死像一只烟蒂渐渐熄灭。

华姐在最后的岁月不断地抽烟。她一直想用自己的生命减轻苦难的深度，但是我的忧伤一点没有减轻家族的风暴——那是一场持续的暴雨，它不断使我的写作回到黑暗之中，并且愈加黑暗。就像我始终无法说清那辆火车是否还在时间的轨道奔跑。在我曾经住过的乡村旅馆，它带着我的梦想，和着那些油彩剥落了，落到秋天的深处。

好多事情再也回不来了。好多事情就是这个样子。

对死亡的恐怖是由一个落水男孩加深的,他是我童年的伙伴。那年夏天,那个13岁的孩子为去铁桥下的河边捡一块煤核落进了河里。有一种声音穿过下午,穿过整个村庄的上空,我看到他的手势挣扎了一会,河水迅速将他吞没了,像什么都没发生。只有他用过的柴筐从铁桥下的河岸上神奇地滚回到他的家门,向家人报告了孩子落水的消息。大人们没有一点惊奇,表情平静地像结冰的河面。

秋天到了,人们在河的下游发现了孩子尚未腐烂的尸体。

暴雨像一部推土机,所有事物都能感到它轰鸣的节奏。我想起来了,那种声音来自一家工厂——那么多面孔从黑夜里涌出,让我感到眼前一阵模糊——那是一家北方的工厂。我们衣着不整地走向车间和各自的机床,背后传来下班工友疲倦的问候声、工具的碰撞声以及汗渍在夏天特有的气息。

齿轮转动。车刀在胚面上发出金属的嘶叫声。铁屑溅起的火花向四处散落,烫伤随时都会发生。在工厂,我们每天都要不断重复一个动作,然后按图纸要求,把毛坯加工成方形、圆形、菱形的部件。下班时,那些部件整齐地码放在车间的某个角落,它们在我眼前闪着铁质的青光,冰冷、僵硬。齿轮不停地转动,我的目光常被飞转的齿轮缠绕得疲倦不堪。在速度面前,我已分不清一场大雨与工厂之间的距离。那些年,我有一半时间是在黑夜与睡眠中度过的。夜班令我晕眩。

一场大雨一直下着。从最初的转动到一场大雨,中间的机器逐渐加速。在北方寂寥的星光下,无数齿轮、无数双手重复一个动作,连续、呆滞,无数工人与机器一样在喧嚣中沉默着。后来那个车间被大雨冲倒了。那一年我20岁,我曾在那家工厂穿着油腻的工装,不停地在机器中间往返。黝黑的机床、女工忧郁的眼神以及车间不断传出的轰鸣声覆盖了我的记忆。

夏天我乘另一辆列车去岛城。海的反光、雨、货轮的淡影。汽笛声含有殖民气息。我住的地方有着黑色、潮湿、阴冷的街景,这是一所老式的

日本房子。在岛城到处可以看到这样的老房子,灰墙红瓦,类似北方的民居。不远处可以看到教堂的尖顶。我熟悉这座城市。我曾在一所老房子里躲雨。那是一个风雨交加的下午,风从老房子的后面鱼贯而来,闪电、雷声、暗淡的光线。世界像进入希区柯克式的电影氛围,给人一种不真实感。我只好踏着没过膝盖的雨水迅速离开。我希望远离不真实的事物。

我在潮湿、不安的心灵体验中度过了一场场暴雨,它已成为我的生活情结。对雨的恐惧由来已久,并时常在内心持续着。每次我从岛城坐火车回老家,听火车像水鸟一样在雨中尖叫着,这样的场景让我迅速转回到另一场大雨。我总是在窗口一边望着窗外,一边听美国摇滚歌手鲍勃·迪伦的《大雨将至》:我要在大雨来临之前回家去/我要走进最密的黑森林处/那里人丁繁众/可都一贫如洗/那里毒弹充斥着他们的水域/那里山谷中的家园紧挨着潮湿肮脏的监狱/那里刽子手的面孔深藏不露/那里饥饿难耐/那里灵魂被弃/那里黑是唯一的颜色/那里无是唯一的数据。

20年后,我在海边遇到那个穿过暴雨的孩子,我问他还记得那场大雨吗?他说不记得了。

他的表情有雨的形状。

北　风

寒冷最先袭击脆弱的事物。北方的山上,树叶由深变浅,落叶哗哗响着。冬天的叶子更像一只老人的手,被日子榨干水分,什么也抓不住:阳光、空气、风。记得母亲用火点亮冬天,劈柴响着,热气升腾,整个屋子弥漫着干草的气味。这是一种民间气息,它和火一起温暖了我童年的骨骼和记忆。冬天的炊烟升得慢,在乡村,每处草房子都飘着一缕炊烟,洁白、吉祥。

天空像老人那张怀旧的脸,由秋天的深蓝变得混浊不清,北风夹杂着落叶和尘土。下雪了，雪落在肃穆的树枝上，落在高高堆起的草垛上，落在故乡开阔的平原上。山川、河流、村庄被积雪覆盖着。这时，大地宁静，雪花飞舞，在风的伴奏下，整个世界在苍茫中呼啸着。

北风年年从村庄后的高坡鱼贯而来，发出"呜呜"的鸣叫，河流冰冻的声音从地表传来，火车通过铁桥的巨大轰鸣瞬间穿过瓦蓝的夜空。20年前，我每天顶着寒风，用棉帽蒙住脸，步行10里去县城求学。茫茫雪野中，我幼小的身子像一片雪花随风飘荡。现在每当我坐车路过那个村庄时，眼睛常常一片潮湿。

和北风一起到来的还有老人。老人是冬天最后的庄稼，他们慢悠悠地从自家柴门走出，聚集在朝阳的墙角，讲着土语，用回忆打发余下的时光，日子像他们烟袋中的火苗明灭着。这些历经无数冬天的老人，已经习惯了这种过冬的方式，一件不知年月的老棉袄为他们抵御着冬天的风寒，皱褶隐藏了岁月的尘土，褐色的脸膛古老而耐读。他们袖着手，憨厚地谈着庄稼、女人、牛群和孩子，然后在阳光下怀想、感念，手势在冬天闪闪发光。秧歌常在这时出现，掠过村头的小路，摇曳而来，带着农人的喜悦和祈愿，一路地扭啊。这种古老的方式传递了农人知足常乐背后隐含的蒙昧和无奈。我多次在乡村与这些秧歌艺人相遇，短暂的欢愉之后，心里留下的仍是褐色土墙、寂静乡路和漫无边际的雪野。

白天一闪而逝，夜里只有风声和偶尔传来的狗吠，风呼呼地拍打纸糊的窗户。油灯是夜里唯一的光源，昏暗、温暖，在风中跳动摇晃，照亮冬天里的村庄。感觉整个世界都在摇晃。祖父就在这样的灯光下喝酒。老人晚年唯一的嗜好是喝一种地瓜酿造的老白酒，然后在夜里使劲地咳嗽，吐不尽的岁月沧桑。

我常于落雪后的村庄蹀躞独行。在童年，总是北风呼啸，总是雪落不止。这个季节除了雪，似乎一无所有。它几乎夺走我视觉的辨别力，让我黑白不分。但雪加深了人的记忆，我对温暖和火充满渴望。

我们家附近有条铁路，火车飞快地驶过，颠簸中留下一些煤核之类的可燃物。冬天的火车像匹积行的马散发着青光，在我梦里驶来驶去。

在乡村，一年有三个季节得为过冬做准备，除去粮食就是柴煤之类。为抢一粒瘦小的煤核，我常与伙伴打得鼻青眼肿，满脸煤灰，留下一些散落的煤核，在回家的路上。正是这些不起眼的煤核，燃起红绸缎一样的火焰，温暖了冬天的屋子。

乡村的冬天有许多怪事发生：一个女孩在冬夜走失了，家人找了三天三夜，只在雪地找到一只裂纹的石镯；一匹马在冬夜回到自己主人的院子，是一匹失踪了三年的老马；一些鸟突然从天空掉在地上，像一片片飘落的雪花。每年，都会有一些老人在冬天死去，他们的手布满伤痕，那是一些穿过苦难的老人，苍老如一片叶子，被岁月吸干。我有时会在雪地上遥望着天空，希望接到那些从空中冻落的鸟，把它们带回家，把它们暖活。但鸟不懂我的心，鸟总是在别处“嘎嘎”叫着，然后落在雪里。鸟是我童年唯一的灵异之物，它们用孤独的鸣叫带给我唯一的乐声，它们带走许多秘密。有些事永远无法说清，比如那个女孩、那些老人，还有那匹在雪夜回来的马。

我喂养过一只被邻居遗弃的狗，那是一只饿得发昏的狗。它的主人拖家带口闯东北了，只留下一只狗和北风鼓荡的空屋子。狗在邻居家门口，我每天定时给狗送食，我们建立了有限的信任。有一次我去晚了，狗的眼睛里划过一丝疑惑，当我第二次去晚时，这只狗已经不在了。冬天的风呼啸着，每天傍晚我都要在村头张望，期望那只狗突然出现，但狗始终没有出现。时间过得很快，雪一场一场地下着。春节过后的一个傍晚，一个熟悉的影子在我跟前晃了一下，是那只狗。它已饿得瘦骨嶙峋。狗是来向我告别的，它要去寻找自己的主人。狗在回头之前叫了几声，然后永远消失了。在以后的日子里，那只狗常常在我梦里奔跑，越过冰天雪地的北国。永远的奔跑，像梦一样。

北风吹着，北风使劲地吹着。北风穿过我们的村庄，留下经年不化的雪和冰凌。北风还要吹到更远的地方，吹灭另一个村庄的灯盏，吹散天空的鸟、地上的羊和牛群。在更远的村庄肯定还有像我一样的孩子，在雪地里仰望天空。北风吹过那位俊秀少年抑郁的眼神，那是永远观望、打量、猜忌、顾盼的眼神。

　　有时独自坐在靠窗的沙发上,手指随阳光滑落,一个人在房间看着远处。在古老的时光中,有一种东西飘然落地,美丽而感伤。人一生有时充满阳光,有时落满雨雪,还有一些日子隐在黑夜里。隐在夜里的部分我们看不到,我们看到的只是阳光下的脸、微笑、语言和服饰。我的生命里有一片雪原,经年不化,它在我膝盖留下寒冷的气息。这是一种途中的寒意,加深着我对世界的理解和认知。

　　一些人永远住在冬天,没有出来。我走出来了。

　　我看到了大地上空的阳光,空气和水分。虽然内心北风呼啸、雪落不止。

蟋蟀在黑夜吟唱

　　夜晚仿佛是一个仪式,大地收缩自己的神经,万物用自己的方式迎接黑夜的到来:水和草木,人与动物——夜色掩盖了一切。这个时刻,蟋蟀在草丛里机警地出现,它们的吟唱加深了黑夜。

　　一亿多年以来,这种古老的昆虫一直在大地深处鸣叫着。古语说:"促织鸣,懒妇惊",蟋蟀的叫声会敦促妇女起来织布,所以蟋蟀又名促织。蟋蟀身体为黑褐色,头顶漆黑而有反光,上面有橙黄色纵纹,触角较长,呈丝状,复眼为卵形,口器为咀嚼式,常栖息于土壤稍微湿润的旱田、砖石下与草丛间,白天隐藏在洞穴中,喜欢夜晚活动。对于蟋蟀的记载早在《诗》的时代,《国风·唐风》有《蟋蟀》一章,以"蟋蟀在堂,岁聿其逝"复沓歌咏,感叹岁月易逝。蟋蟀是秋天的一个标志,当悲秋演化为中国文学的重要母题时,在万物代谢的背景里,蟋蟀唧唧的叫声不再是简单的自然现象,而被赋予了丰富的象征意味与隐喻意义,来得特别凄清萧索。杜甫在《促织》诗里叹道:"促织甚微细,哀音何动人。"蟋蟀的寿命很短,只三四个月时间,所以民间有"百日虫"之说。

　　蟋蟀细弱的叫声如同秋草的叶脉一样，带着淡淡的伤感和乡愁气息，仿佛一首大自然的挽歌。蟋蟀是这个世界的游吟诗人，它们的声音越过洒满月色与星座的长廊，在隐秘的位置与黑夜交谈，它们不断向沉睡的世人传达自己幻想的信息。法布尔在《昆虫记》中关于蟋蟀的描述："从某种意义上可以这样说，蟋蟀是个地道正宗的哲学家。它似乎清楚地懂得世间万事的虚无缥缈，并且还能够感觉到那种躲避开盲目地、疯狂地追求快乐的人的扰乱的好处"。在这里，法布尔将蟋蟀写成"是个地道正宗的哲学家——懂得世间万事的虚无缥缈"是一种精妙而深刻的理解。蟋蟀清明初鸣，秋分终鸣，它们的鸣叫有极强的时令特点，在农耕时代很早就为人们所注意。《诗·豳风·七月》里写道："五月斯螽动股，六月莎鸡振羽，七月在野，八月在宇，九月在户，十月蟋蟀，入我床下"。在感时应候的虫声合唱里，蟋蟀无疑是最动人的歌者。蟋蟀的"唧唧"声出自振动的翅膀，左右两翅相互摩擦就可以发出悦耳的声响。狄更斯在《炉边蟋蟀》里形容蟋蟀的叫声："像一颗颗星星在屋外的黑暗中闪烁。歌声到最高昂时，音调里便会出现微弱的，难以描述的震撼。"小说中的男女主人公都喜欢这小东西，说炉边能有一只蟋蟀，是世界上最幸运的事。

　　童年对于蟋蟀的喜爱胜过其他昆虫。听蟋蟀叫时要捂起一只耳朵，否则你无法确定蟋蟀到底在哪里。夜晚的草丛里，蟋蟀在某个地方不停地叫着，走到近前那声音就没有了，很远的地方又有响亮的鸣叫传来，举首四顾，周围好像到处都是蟋蟀的叫声：一只蟋蟀在月夜里鸣叫；一百只蟋蟀在月夜里鸣叫；一千只蟋蟀在月夜里鸣叫，秋天的月亮越升越高，最后，整片天空像漂浮在蟋蟀的叫声里。如果蟋蟀的声音突然停止，天空就会因失去支撑瞬间落到地上。一群蟋蟀中有叫得特别好听的，它们像大合唱里的领唱，其他叫声不能将它的声音淹没，只有这样的蟋蟀才有被选进宫的可能。白居易《禁中闻蛩》里的句子"满耳新蛩声"，说的就是宫中的后妃们乐此不疲养蟋蟀的事。皇帝将她们选进宫去，她们又拿蟋蟀在笼子里逗乐。这是一幅令人触目惊心的水墨：淡月下的后宫一片寂静，凉风吹拂深垂的帏幔，远处的箫声响了起来，几只黑色的昆虫在妃子眼前跳来跳去。而蟋蟀如何能排解她们心中的寂寞与哀怨?蟋蟀在深夜里叫着,天空开始融化,星辰似乎要落了下来。

在童年的夜里,蟋蟀的出现始终如一个悬念。蟋蟀一般隐蔽在草丛或墙缝里,我们把一根用草根制作的蟋蟀草颤悠悠地伸向黑夜,为了获得一种声音。有时蟋蟀没有挖出来,反倒挖出一条蜈蚣甚至一条蛇,我们会"哇啊"地一声撒腿而去。蟋蟀不仅善鸣且生性好斗,深秋季节是斗蟋蟀的时光,孩子们各自捧出装有蟋蟀的罐子,两只蟋蟀刚会面争斗就开始了,它们的牙齿"嘎嘎"响着,像冷兵器时代的武士一样,残忍、冷血、无情,观看斗蟋蟀的人经常围得密密麻麻的。一只蟋蟀可以把童年的梦想升到月亮的高度。那些年我常坐在夜里,看蟋蟀们不停地跳跃,希望它们离光明近些,但蟋蟀永远跳不出古老的夜晚。如果把这个场景放大就会看到另一种景象:在那个模糊的年代,一些不确切的东西在慢慢伸向自己的童年,而我是一只在黑夜不断跳跃的蟋蟀。

美国现代作家乔治·塞尔登的童话《时代广场的蟋蟀》是一个有关蟋蟀、老鼠、猫之间友谊的故事,一个有关各种生命之间爱和关怀的故事,一个发自大自然、涤荡心弦的音乐之声的故事。蟋蟀柴斯特从没想过离开康涅狄格州乡下的草场,可它却因贪吃跳进了一个野餐篮,被带到纽约最繁华的地方——时代广场的地铁站。在人情冷漠的纽约,幸运的柴斯特遇到了聪明又略带市侩的塔克老鼠和忠诚、憨厚的亨利猫,还遇到了爱它的主人——男孩玛利欧。蟋蟀柴斯特用它绝妙的音乐天赋回报了朋友们的真挚友情,帮助玛利欧一家摆脱了困境,自己也成为震惊整个纽约的演奏家!然而功成名就后的柴斯特却满心失落,思念起乡下自由自在的安静生活来。在朋友们的理解和帮助下,它终于回到了自己深爱的故乡。诗人流沙河在《就是那一只蟋蟀》里,通过时空与意像的转换,对这种童年的昆虫寄予了无尽的情感与绵绵乡愁:"就是那一只蟋蟀/钢翅响拍着金风/一跳跳过了海峡/从台北上空悄悄降落/落在你的院子里/夜夜歌唱/就是那一只蟋蟀/在《豳风·七月》里唱过/在《唐风·蟋蟀》里唱过。在《古诗十九首》里唱过/在花木兰的织机旁唱过/在姜夔

的词里唱过/劳人听过/思妇听过/就是那一只蟋蟀"。电影《末代皇帝》里有一只活了70年的蟋蟀。那只被少年溥仪无心遗留的油背蟋蟀穿越几十年风雨,当老年的溥仪再次回到故宫习惯地打开罐子时,那只蟋蟀突然一跃而出。

经典就是如此荒诞神奇。

迁徙的鸟

这个秋天,鸟的出现似乎没有迹象,但它们确实出现了:三只、五只或者更多——这是一些迁徙的鸟。它们用夜色隐蔽自己,尖厉的鸣叫蕴涵命运的成分。

"八月初一雁门开,鸿雁南飞带霜来。"天气转凉之后北雁开始南飞。大雁迁徙时总是几十只、甚至数百只汇集在一起,互相之间衔接着列队而飞,古人称之为"雁阵"。"雁阵"由有经验的"头雁"带领,加速飞行时队伍排成"人"字形,一旦减速队伍又由"人"字形换成"一"字形。飞在前面的"头雁"在空中划过时,就会在空气中产生一股微弱的上升气流,排在后面的雁依次利用这股气流,从而节省了体力。"头雁"没有这股气流利用而容易疲劳,所以在长途迁徙的过程中,雁群需要经常更换"头雁"。大雁迁徙大多在黄昏或夜晚进行,旅行途中要经常选择湖泊等较大的水域休息,以鱼虾和水草等食物补充体力。在故乡的河岸常常见到它们的身影,那时,每当秋天的傍晚,雁群就会带着一阵风声"沙沙"地落到河边,一边找寻水草,一边伸长脖颈机警地环绕四周。大雁是一种机灵的鸟,夜里休息时总要派出一只雁站岗,一有动静就发出叫声呼唤同伴迅速飞离。清晨起飞前大雁会群集一起开"预备会议",然后由老雁带头起飞,幼雁排在中间,最后是老雁压阵,它们在飞翔途中不时发出"嘎嘎"的叫声,这是一种呼唤的信号。

很早的秋天,当猎枪声传来,我看见有一只雁自高空坠落,落在老家的屋顶上。那是一只受伤的雁,雁的翎羽在阳光下闪烁着,另外一些雁在枪声中惊叫着飞走了,它们要作最后的飞翔。当我走到它身边时,雁的眼睛充满敌意,在心灵惊悸的同时自己无比愧疚,仿佛那颗子弹是从我手里发出的。大雁的老家在西伯利亚一带,每年秋冬季节,它们成群结队地向南迁飞,飞行途中有时会经过我们的城市,它们要飞往遥远的南洋群岛越冬,第二年,又长途跋涉地飞返西伯利亚产蛋繁殖。雁每小时能飞70~90公里,几千公里的漫长旅途要飞行一两个月,30%的雁会夭折在迁徙途中。我给那只受伤的雁做了简单的治疗,又给它补充了食物和水。几天以后,那只离群的雁在夜空久久盘旋着,尖厉的鸣叫急急掠过树梢,然后倏然间消失了踪影。

乘火车时常在窗口看到有一些燕子追着车身飞,它们迎着春天的气流不断变换飞翔的姿势,黑色的剪影让人想起在音乐中起舞的天使。有时会有一种幻觉:我一直以为自己在城市看见的那只燕子和童年乡村看见的是同一只,燕子一直在童年的天空飞翔。家燕身上发金属光辉的黑色,头部栗色,腹部白或淡粉红色,轻盈的身影常常掠着地面飞行,有时会在水面溅起一片水花,然后像一根离弦的箭"嗖"地一声射向天空。燕子多在居民的房梁和墙角筑巢,喜接近人类。春天的时候,它们不断用嘴衔来泥土、草茎、羽毛等,再混上自己的唾液,不几天,一个"碗"型的窝便出现在屋檐下了。秋天的时候,常常看见几万只聚集而成的燕沿长满芦苇的河边飞翔着,这是它们迁徙的前奏,几天以后,河岸就变得空荡荡了。燕子的迁徙早在秦汉时便有记载:"仲春之月,玄鸟至。仲秋之月,玄鸟归。"汉代的乐府里也有"翩翩堂前燕,冬藏夏来见"的诗句。家燕有着惊人的记忆力,第二年春暖花开的时候,它们又飞回原来生活过的地方。"年年此时燕归来"。家燕返回后,雌鸟和雄鸟就开始共同建造自己的家园,有时补补旧巢,有时再建一个新的巢穴。燕子迁徙时,由于飞翔的速度极快,所以多在白天迁徙,在途中边捉食物边躲避天敌,在这时候,时常可以看到成群的燕子栖息在沿路的电线上休息。燕子渡海时多选择海岛连绵的路线,从这个岛屿飞向另外一个岛屿,借以节省体力,但飞越辽

阔的大海时,就要用最快的飞翔速度前进,飞越大海是燕子迁徙途中最危险的旅程。鸟类迁徙途中要躲过猎枪、饥寒、疲惫,最后才能到达目的地。有时到达目的地后才发现曾经清澈的湖水散发着臭味,原来栖息的树木也已消失的无影无踪。于是,短暂的休整后只能再次起飞,它们要为自己寻找下一个栖息地,这是鸟类的生存悲剧。

法国纪录片《迁徙的鸟》是雅克·贝汉的"天·地·人"三部曲之一。夕阳下群鸟的鸣叫、碧空中鸟儿翅膀挥动、森林里有微风吹……迁徙的鸟群飞过城市、飞过小河、飞过田野、飞过沙漠、飞过山川……而人类以及人类文明的象征:城市、高楼、工厂和铁路等等都成了鸟儿飞翔的背景。当我们以鸟儿的视角看这个人类"统治"的世界时,方知人类中心主义思想观本身的傲慢与狭隘。人类属于这片大地,而不是大地属于人类,在我们的地球上,除了人类还有众多生命的存在,其存在的权利和价值不以人的爱怒喜怨而改变。《迁徙的鸟》画面美轮美奂:从西伯利亚到南极,从墨西哥湾到北极,越过无数山脉、河流和大川,有些鸟群几乎是日夜兼程。看了不由得让人惊异震撼:这样一些单薄的鸟儿身上竟然集聚着如此磅礴的力量和激情,每年它们都凭着一对看似柔弱的羽翼完成了迁徙的壮举。这是一个关于承诺的故事,鸟儿们是为了成就一个承诺,凭借永不止息的信念飞翔,而他们小小的生命也在飞舞中演绎出令人叹为观止的奇迹。

鸟是属于天空的。观察囚鸟和在天空飞翔的鸟的眼神,你会更加懂得什么叫自由。当片中那只美洲鹦鹉机敏地打开笼子,摆脱桎梏飞向高空时,音乐也愈加激昂明朗,自由的旋律回荡在天地之间。影片有两处镜头都是迁徙的鸟群飞过一家农舍,农舍里是圈养的鸡、鸭、鸽子等等,留有深刻印象的是那些圈养的鸡、鸭、鸽子,看鸟儿们飞过农舍上空时的目光:渴望、羡慕和无奈。飞翔,对他们来说是一个遥远的梦想。1952年,生命中心伦理学说创始人史怀哲接受诺贝尔和平奖时曾说,在《我的呼吁》演说中有下列一段话:"我要呼吁全人类重视生命的伦理。这种伦理,反对将所有生物分为有价值的与没有价值的;高等的与低等的。

这些判断的标准是以人类对于生物亲疏远近的观点为出发点的。这种标准是纯主观的,……这种区分必然会产生一种见解,以为世界上真有无价的生物存在,我们能随意破坏或伤害它们"。这种生命中心的生态思想在东方的佛教中也早有渊源。佛法说:一切众生(甚至草木)皆有佛性,都可成佛。

鸟是有灵性的。鸟在人类生活中不停的鸣叫着,这是鸟类的生命之歌,是一首穿越时空的生命乐章。相传孔子的学生公冶长听得懂鸟的话,他曾精彩地"翻译"过一段"鸟语":"喈喈喷喷,白莲水边,有车覆粟。车脚沦泥,犊牛折角。收之不尽,相呼共啄。"传说尽管是传说,但这段韵文确实把觅食的鸟雀们发现大量食物以后的欢乐表现得淋漓尽致。鸟没有语言,但古人给千变万化的鸟鸣声赋予某种意义。其中,对杜鹃啼鸣声的联想应该说是最丰富的了。每当春夏之交,杜鹃的叫声好像在召唤人们:"布谷!布谷!"它们便自古相传为劝耕之鸟,并因此有了"布谷"这个美好的别称。《鸟》是希区·柯克1963年拍摄的一部电影。这是一部反映人与鸟类关系的影片,令人惊悚的镜头从蒂比·赫德伦的女友米兰妮坐在学校门口,看见校园里密密麻麻的聚满了鸟群开始就出现了,随后,当成群的海鸥袭击波德加湾的小镇时,观众不禁感到一阵阵的战栗。然而,希区·柯克真正让我们思考的却是另一个问题——我们真的要去怪罪飞鸟吗?在"人类可以征服大自然"的思想作用之下,这个话题似乎让人感到有些担忧。

梦中的马

马是文学作品中的一个动词。马能驱动一个帝国,一片太空,一个族人的梦想。马蹄在不同语言的字里行间"嗒嗒"响着:特洛伊战事中胜利的象征,成吉思汗铁蹄踏平欧亚大陆的图腾,楚霸王《四面埋伏》里的微弱回声。从大漠征战到后宫倾轧,多少年烽火不断,马成为冷兵器时

代的一个背影。"战马奔驰/四蹄迸发火花/点燃枯草/草原在燃烧"(突厥语大词典)。在有关马的作品中,它们有很多好听的名字:天马、西极马、汗血马、胭脂马——面对满天蔽日的箭镞和连日的刀光剑影,马群昂天长啸,那是何等的威武潇洒啊。

从战争的烟火退到农耕时代,马的品质和基因在逐渐退化,马步入一条由英雄到奴役的变异之路。

北方广袤的田野经常会看到用于农耕的马。它们没有诗人和画家笔下那种奔腾潇洒的英姿,它们和主人一起日出而作、日落而息。它们毛色模糊、眼含忧伤。它们知道从出生就没有自己的生活,它们的命运只能与土地有关。那些用于农耕的马是马族中低贱的品种,没有编号和固定的马槽,甚至没有自己的主人。一匹马在一生中被反复出卖:从一个乡村到另一个乡村,从一片田野到另一片田野。生命在主人和鞭子的呵斥声中一年年耗尽,一年年老去,最后把自己的骨骼留给了土地。

农耕与战事对于马意味着一个两极世界:完成与毁灭。在马的哲学里,奔驰的速度和草原梦想是一团叠加的火,可以将马的一生燃成灰烬,农耕则是马的地狱。我观察过一匹用于农耕的马:夜晚的寂静里,那些有关奔驰和草原的梦想从马的内心一点点退去,它们脱离马的身体退到黑夜的深处,那是一片没有地平线的虚无之境。在乡间,马经常被作为拉碾的工具。光线昏暗的磨房里,马的眼睛被肮脏的旧布或麻袋蒙上,马与石磨等速运行着,时间变成一条无限延伸的黑暗之路。我想起神话中的西西弗斯——在他不断把滚下山的巨石推上山顶的同时,世界消失了。在只有起点和终点的黑暗之中,不同的马完成着同一项劳作,演绎着东方的"西西弗斯"神话。这种方式被后来的机器取代,如同附着农耕信息的马灯一样在夜里遁去,成为有关农业记忆的遥远影像。

记忆中,有一匹逃离了农耕的马,在一个大雪之夜又独自返回主人的院子——这让我对马的理解多了一些迷茫。

那匹马是一个上午出现在乡村的。我怀着惊喜的心情一路狂奔到马的跟前:红色的鬃毛在阳光下闪着光亮,乡村被一匹马唤醒了。蓝色的天空、绿色的树、红色的马在我童年心中留下了一幅永恒的画面。公元9世纪中叶，突厥人分别迁徙到河西走廊、吐鲁番盆地和塔里木盆地。其中部分马匹永远离开了战场，进入内地的农耕生活。战马变成了纯粹的畜力和商贾运输工具。据说那匹马就是突厥马的后裔。

那匹马没有机会接触马群，它甚至不知道自己是马。它一直混迹于牛群之中，直到最后。马驾着那辆古旧的马车在乡村生活了五年——从县城的大街到乡村的土路。我常想：那匹马应该回到"风吹草低见牛羊"的北方草原。那里草肥水美，牧歌悠扬，那里有圆圆的落日和开阔的地平线，那里才是它的故乡。有一年，一个邻居从内蒙回到老家，他随身带来了内蒙的奶茶、皮具和腰刀。他会唱悠长的草原民谣。我喜欢他的皮具和闪闪发光的腰刀。在他走到离村庄五里路时，那匹马突然躁动不安，前蹄高高的扬起，然后拖着装满玉米的马车一路狂奔到那位老乡面前，使劲用鼻子嗅着老乡的脸。人们被马的举动吓得四处躲藏，直到主人赶来马才变得温顺起来。后来一位老私塾说，马一定是嗅出了那位乡亲身上的草原气息。

秋天的时候，那匹马在去县城的路上遇到了自己的同类——另一匹马。接触是在主人的监督之下进行的。离别后，马的眼里多了一种月光一样的忧伤。冬天很快就到了，大雪一场压着一场，直到除夕傍晚。外出筑路的乡亲坐上马车往家赶路，整个北方白茫茫一片。一辆火车从村后呼啸着飞驰而过，留下长长的汽笛声。我在村口等待远去的马车回来。那时马车已经行驶了三天三夜。困乏的马在雪地里一步步跋涉，那是一生之中最艰难的行驶。马蹄敲打雪地的声音从远处传来，又在村庄上空停下。因为长时间在雪地里行走，那匹马已经成为雪盲。马只是按记忆的路线行走，它走一会停下，然后再走。马的眼前一片模糊。马一步步踏入虚空。马的嘶鸣划破了寒冷的夜空。就在人们以为马会按平常路线回到村庄时，马朝一条河流走去。那天从此成为这个乡村的祭日——有三名乡亲落水而亡。

那天夜里我做了一个梦：我听到呼啸的北风深处夹杂着一阵一阵

的鼓声,那是一种战鼓的声音。鼓声沿着一条大河从远古响来,"嗒嗒"的节奏中,一匹红色的战马从厚厚的雪地腾空而起,马蹄的声音在北方久久回荡着。第二天一早,人们告诉我说那匹马跑了,它在夜里挣脱了缰绳,独自离开了这个劳作多年的乡村。

那匹马跑了,乡村宁静了。这个记忆中的乡村再没有马忧伤的眼神了,马车轮子被乡亲用作柴火烧掉了。那个冬天,雪在燃烧。雪大片大片地从天空落下,在地上燃起红绸缎一般的火焰,悄无声息。我多次梦见村前的河涨水了,湛蓝的水迅速盖过我的头顶。那匹马隔着河岸朝着落水乡亲的方向不停鸣叫着,它已经疲惫不堪。后来我多次听到有关那匹马的消息:人们说在不同的地方看见一匹流浪的马,也有人说那匹马被人卖了或者死在路上了。我一直对这些说法表示怀疑。

某个夏天的大雨之夜我看到了那匹马。它在离我大约100米的地方一动不动地望着我,眼里含着泪水。它想对我说什么却又欲言又止,然后永远飘走了。我必须强调那匹马是飘走的。它先是奔跑,不停地奔跑,然后逐渐脱离了地平线向空中飘去,最后变成一朵红色的云团。我向许多人们复述过这件事,但是没有人相信我的话。我真的看见过那匹马,那不是幻觉。马在我眼前出现之后永远消失了。

后来,我离开了那个只有一匹马的乡村。我混迹在城市人群中,和许多情感冷漠的人一样,穿着裘皮服装看赛马项目,醉酒之后在午夜的大街上流浪,日子过得糊涂不堪。至于那匹马在三年后的大雪之夜重新返回那个乡村,我是后来知道的。再后来那匹马老死了,乡亲们怎样处理那匹老死的马,没有人向我说清。这些年我一直在想一个问题:既然那匹马已经回到它梦想的北方草原,并找到了自己的马群部落,它为什么又千里迢迢再次回到乡村?它是凭着怎样的记忆和神谕?我不清楚。我只记得马在我童年留下的那幅画面:蓝色的天空、绿色的树、红色的马、美妙的上午以及马儿月光一样忧伤的眼神。

也许从开始这个有关马的故事就是一个梦。

古老的牛群

大地是万物之源，她为人类提供了辽阔的生存空间。大地还养育了诸多动物，它们与人类构成了赖以生存的关系。牛是最早进入我的记忆并留下深刻印象的一种动物，它们移动于童年那贫瘠、空旷的土地，并在我心中留下荒凉、凄美的图像。

牛是农业文明的功臣。在人类生存史上，牛一直走在前面，用它纯朴的劳作为我们奉献着沉甸甸的果实：谷物、麦子、高粱。这种毛色空茫的动物，有着诚实、善良、温顺的性情，而木犁、鞭子、厄运一直隐现于它们一生。

乡村三月，春意从牛绳一样的乡路赶来，农人开始了一年的播种季节。人们将闲置了很久的农具拂去尘土，给牛套上牵头、找上木犁，从幽暗的房子走出。门环碰撞的声音、柴门艰涩的声音、农具摩擦的声音和着一阵阵喊牛声，一层层向天空浮动。昏黄的土路上很快聚集了前前后后牧耕的队伍，这些人年年如此，他们熟悉乡村的土路、农具和土地。每年，他们会在春分前后，从冰封了几个月的柴门后走出，搓着双手，憨憨地谈起今年的庄稼、去年的麦子以及很早的旱情，偶尔也谈起牛，谈起雪夜走失的孩子。冬天，大地坚硬，阳光刺眼，但过了春分，土层就和女人一样松软。到处响着冰雪融化的声音，我分不清这种声音来自河底、地下还是天上。

木犁闪着光亮，咬破坚硬的土层，土地翻着波浪的形状，留在了农人身后，女人们扬着疲惫的手臂，种子便带着女人的体温迅速钻进土里。牛是最可靠的牧耕动力，它会忠实地沿主人设计的方向前行。不知什么时候，牛被驯化为重体力劳动者，从模糊的岩画上可以见证，牛在文字出现之前已经作为牧耕工具了。

我一直无法理清父辈、土地以及牛与自己的关系。上帝在造就人类

与牛群时,让他们在生存中依赖,又在命运中对立。牛在成年之前要带鼻钳。铁器穿鼻而过,留下惨然的叫声,从此牛被农人操在手中。然后是骟牛,即将雄牛的睾丸阉割,剥夺它的交配权。在乡村,我多次见过这种阉割。刀子闪过之后,两枚卵石的睾丸重重弹出牛的身体,鲜嫩、明亮,与土地浑然一色。遭阉割的牛很像朝廷里的太监,失去了男性特征,不同的是牛被阉割后更加壮硕,有力。

"溜牛"是一种民间仪式,村童牵着遭阉割的牛,步履蹒跚地从乡路走过,牛铃当在脖子上发出金属的响声,那声音似有一种魔力,穿过我们的肉体,回荡在村庄上空。每年会有无数雄牛被阉割,这种仪式在乡村一代代沿袭下来,雄牛常在这时发出哞哞的叫声,像一架木琴奏出低哑、混沌的轰鸣。

牛是一种反刍动物。更多的反刍发生在夜里。太阳落下时,大地变得肃穆、深沉,牛伫立着眺望远处的夜空,显得异常凝重。村庄上空漂着铝色的云层,牛的嘴慢慢嚅动着,低沉、舒缓,有时会发出奇怪的声音,像是为命运做着虔诚的祈祷。它们将白天发生的一切一一咀嚼着。牛的反刍隐藏着许多不可言说的秘密,像黑夜一样幽深。

人与牛有一种天生的亲和力,这是我在童年留下的印象。回想牛群排成队列,在夕阳的沙滩上默无声息地走着,我心里感动极了。牛行走时总是公牛在前,母牛在后;母牛在前,乳牛在后,秩序感极强。劳作贯穿着牛的一生,最终的命运是被宰杀,几乎没有一头牛能逃脱宰杀的厄运。牛死之前已感到厄运临近,泪水沿着眼眶啪啪流下来,落在一无声息的草叶上,闪闪发光。宰牛的方式十分简单,屠手并不知道牛的要害何在,只用屠刀朝牛的胸前捅去,一刀、又一刀。牛倒退着、颤抖着、号叫着,直至倒在地上。

多年以后我才知道,那些宰牛的人既是屠手,也是农人。他们经常平静地从我身边走过,身上混杂着牛血的腥味以及庄稼的清香。屠手是世袭的,多年以后他们的儿子要继承父业,成为新的屠手,他们和自己父亲一样身体健壮、表情淡漠。我能透过复杂的人群一眼辨出屠手与农人有细微差异。在乡村，我常听到屠刀与牛角碰撞的声音，在傍晚的寂静里，与狗吠、猪叫、夫妻打架、找孩子的声音交织在一起。牛角可以制成牛角号，这种近乎透明的动物犄角，在人类嘴边发出的不只是音乐的声音，还包含了生命的成分。

我养过一头牛，它落地不久，母牛因年迈被卖到另一个村子。小牛整日眼睛泪汪汪的，我对它十分疼爱，总是挑最好的草料喂它，半年以后，这头小牛渐渐长大，骨架壮硕、硬朗。每次放学回家，它总是站在院子里久久望我，像是看到自己的亲人，它的鼻子凉凉的，沁着许多水珠，鼻子"扑扑"呼着热气。一年后，这条小牛长大了，可以作为劳力下田耕地了。那一年，我离开了那个生活了多年的乡村。几年后，当我再次回到老家问起那头牛时，邻居告诉我，那头牛早在过年时被杀了。听到这个消息，我久久无言。

过了八月是九月，再过几个月，冬天就到了。冬天的乡村是死寂的，农人的心是空空的，他们会用喝酒、串门、揍老婆的方式打发漫长的冬季。今年，不知道乡亲们是否为牛准备好了过冬的草料，有多少小牛在冬天降生？又有多少老牛年前被宰杀？因为它们不能再下田耕地了，它们确实太老了。

故土永远没有答案。如今，我早已离开那个生活了多年的乡村，离开了那些伴随我童年的牛群。我在一个海滨城市过着另一种生活，牛群留给我的只是一个苍凉的背影。

江 水 流

对于一个北方人来讲，那条河一直在我梦中奔涌。对于一位书生来说，那条河则永远在纸上流动。我说：你流吧，河，我永远是你的水手。纸上的河时常访问梦境，它们汇合一起，一泻千里，冲刷着早年对世事的判断。

河上浮动高高的木船,号子潮湿又明亮,船工的背反射着岁月的光泽,苇花从岸边一直白到秋天。

还有鸟,还有记忆中颤抖的缆绳。

这就是长江。

一条父性的大河。

当江水第一次打湿飘动的裤管,我的眼睛潮湿了。这是2002年的夏天,在宜昌去奉节的渡轮上。为了掩饰一种恐慌,我的眼神从身边的人群掠过,落在长江上空那些于宁静中飞翔的鸟翅上。

江水流着。那个老船工正在解缆绳,声音从雾中传来,我能听见他内心的响动。这是一条伴他一生的河。渡轮缓缓离开江岸,老船工很快消失在岸边。

我想起了父亲。

父亲一直在乡下的河边生活,眼神经常滑过故乡的景致。在父亲与河之间,我始终难以辨别哪个是我的源头。童年的记忆里经常发水。对于水的恐惧是从故乡那条河开始的,那是一种早期、深刻的记忆。秋天的中午水光一片,河里浮着上游漂来的草屑、木板、苞谷,有时会有狗猫的尸体,黑白交织在童年的天空下。父亲说又发河水了,他的眼神湿淋淋的。我相信此刻父亲的回忆像我一样雪白。他也有过年轻的时光。那条木船正在移动,对岸槐树下站着一个女人。

河对我近似一种忧伤的符号。每个人心里都有一条河在流淌。它们冲刷着少年的梦想、爱情的云层和家族的记忆。

不知道为了什么

我会这般悲伤

有一个旧日的故事

在心中念念不忘

莱茵河慢慢流去

暮色渐渐袭来

夕阳的光辉

染红了山冈

海涅在大学时代写下的这些诗句一直和故乡的河一起，叠印在我的少年记忆里。

此刻河岸正是黄昏。那些来自楚地的人群隐含复杂的眼神，让我想起汨罗江上孤独的屈原和粽子的气息。河水拓宽了民族的记忆。我的这次行程必将深入到江水以外的土地，比如红色的山、正在落下的土、陌生的语言和服饰、一些不同于故乡的鸟和手势。它们有时脱离我的思想，像那匹早年走失的马。

渡轮正在移动。底部传来船舷擦过水流时发出的柔和的声音。这种声音是透明、阴性的。木与水是中国阴阳五行中的两大元素，它们的相遇使人类有了飞翔的快感，有了"水亦载舟"的哲理。木纹与水的波纹重叠在一起应该是一幅淡雅的水墨。

水没有方向感，因器成形、漂泊不定。这让我想起规律、规则一类的语汇。水能消融一切：生命、草类、沉船、天上的星云、地下的故事。上善若水。水又是有方向的：与时间同行。故子曰：逝者如斯夫，不舍昼夜。

江风顺着河道鼓荡而来。这是南方的风，如同讲着方言的楚地女子一闪而过，陌生又亲切。窗外的水鸟与渡轮展翅并行，让我感觉鸟只有动作而没有速度。它们迎着风，翅膀拍打着春天的气流，像一幅黑色的剪影，随风飞翔着。鸟的飞行近乎静止，它们的一生被凄美的鸣叫耗尽。鸟一直起落在动词之间。常想自己是一只梦中的鸟，在飞翔中接近美好。一些不切实的念头常被生活的石块击中，我总在倾斜中平衡自己。

山，一重重退过去。对水来说，山是江山，水是美人；对山来说，水是风情，山是傲骨。水总会流到别处，成为另一股水，水总在世界上游来荡去。水有两种走向：向上化作高贵的云，入地则是明珠暗投。山水有时唇齿相依，但水耐不住寂寞，只留下一座座空山，在岁月里无言守望。

江城与淳朴的民风在岸边陈列着，如同我怀旧的心境。我曾多次赤脚涉过故乡的河流。13岁时，是一位牧羊少年将我从河里救起，那是我第三次在水里重生。那个模糊的少年形象和他湿淋淋的手至今仍在我

眼前晃动。我对水始终有一种亲近又惊恐的心理。传说故乡的河里有水鬼出没，我的一位堂哥曾被水鬼拖进深水，经奋力挣扎才浮出水面。多少年后说起那段经历，他眼里仍然水光一片。

我知道水的厉害，水的哲学。生活中的我常顺水推舟，并在荒诞的年代刻舟求剑。

云层垂在低低的江岸上，卵石错落地分布在浅滩和水底。水底的卵石有被放大的感觉，缥缈虚幻，不像躺在浅滩那些更真实可信。事物一旦接触潮湿的东西就变得水汽十足。水不同于石头。如果回去，我想带一些江岸的卵石，放置在散发着檀香味的书架上，夜里静听卵石被月光拍打的声音。

湿湿的月光是多么深情的水啊！

在月光里，我常被幻觉击中。我常想和夜空那块白色的卵石交换位置，但伸出的手捉住的总是虚空。我想起了李白，想起那个在水底捞月的人。那一年，他也是从江上乘舟而下，静听两岸猿声，一声声远了。

我现居海滨城市，那里正是樱花缤纷的季节，那里有我的亲人。作为那座城市的移民，我已离河很远。

我能跨过那道河吗？

如果苇花再次飘成白白的一片，我能否踏着波涛，再次走进祖先的记忆。

江水流着，江水就这么流着。

江上的旅程像文字一样对我一层层深入，一浪浪回溯。

多少年后，当生命的火焰静下来，慢慢阅读生活的细节，会有一种东西像刀锋一样一闪而过，带着炫目高贵的美丽。那多么令人虚空和倦意。这一切都将远去，如同现在的我在长江的渡轮上，凭水临江，飘然而逝。

刊于2009年第3期《西部新世纪文学》

蝴　蝶

汉语绝妙的象形构造使事物骤显神奇。蝴蝶之类的词汇让人看着便心生痛感。这与国人的思维相契合。蝴蝶在空中飞着,它美丽的使人伤感。生活也是这样,它在我们眼前稍纵即逝,你抓住的只是蝴蝶的标本,但生活飞走了。我曾多次企图描述一只蝴蝶的美丽,但与真正的蝴蝶相去甚远。

蝴蝶是一段梦,是梦的飞翔,

比梦更短。夏天是一只翅膀,

轻易被风折断。人和蝴蝶,

哪个更轻?途中的生命不堪一击。

夏天是蝴蝶的狂欢节,几十万只蝴蝶在山谷里舞蹈着,呈现一种奇妙的景观。这是一幅寓意深远的童年草图:一双双手伸向停留在栅栏、花朵、草叶上的蝴蝶,在雨后的短暂宁静里,阳光远远地与蝴蝶相望着,这是许多人的内心经历。蝴蝶在双手合十的缝隙间拼命挣扎,令回忆无限疲惫。而远离蝴蝶意味着童年的结束。

我曾多次将捉到的蝴蝶装进玻璃瓶,看它们在里面垂死挣扎,做出无为的飞行状,很快它们会窒息而死,心中的惊悚难以描绘。蝴蝶敏感于某些阴谋的逼近,对于观赏者,它们会本能地飞走,为了躲过劫难,蝴蝶不停地拍击翅膀,留下一个美丽的影子。

从破坏到自觉地保护,记录了我个人心灵的成长史。现在我只能隔着时间的栅栏,深切地回忆起那些美丽的精灵在童年留下的美好景象。在以后的无数个夏天,总有一种忏悔,云一样浮在心里,那是一种对美的事物糟蹋而产生的愧疚。整个夏天,内心空空荡荡,整个夏天我都在等待那些蝴蝶向我飞来。

二胡凄婉的曲调从中午持续到傍晚,直到月色在地上泛起青光。有

人在演奏《化蝶》。在最后的节奏里，我想起了雪花。蝴蝶是一种来自天堂的精灵，在回去的途中误入人间，无意中透露了天堂的风景和上帝的秘密。自然景物中与蝴蝶相似的只有雪花。雪由水汽变成雪花从高空飘落，这是一个凄美的过程。雪落了，雪化了，茫茫天空再找不到那些雪花了，好像什么也不曾发生过。人与自然之美在时空中相遇又分离，就像童年逝去的蝴蝶。

蝴蝶是昆虫王国的宫女，穿过哀婉的雨季和圣筵般的夏夜，带着隐秘的信息闯进人间，斑斓的两翼若宫廷的霓裳，让人想起自由灿烂的拓片。蝴蝶拒绝重复自己和其他同类。一只蝴蝶只属于今天，它没有昨天也没有明天。这让我想起尼采常常与哲学家们纠缠的一个神秘的"永劫回归"观。"永劫回归"观表明：一次性消失了的生活像影子一样没有分量，也就永远消失不复回归了。无论它是否恐怖、是否美丽、是否崇高。

大地上许多事物都像流星一样一闪而逝，只在我们心中留下一团朦胧的影像。如玛雅文化、印第安部落以及阿房宫、圆明园。我曾亲历过一条河流的消失。20年前那里还是波光粼粼的一片，现在却满是沙砾的废墟，"河"已成为一个遥远的回忆。

时间是位冷酷的杀手。八九月份间，蝴蝶三五成群地再次飘过故乡的河流，它们在空中展现最后的美丽，令人惊魂的美，这是蝴蝶生命最后的时刻。秋天很快就到了。秋天是一部推土机，使所有生命都感到轰鸣的节奏。秋天落叶缤纷，秋天落花流水。

我做过这样的观测：在同一片篱笆前等待去年那只蝴蝶，期待它重新落在温情的旧地。我知道这是痴人说梦。细雨如雾，几十只蝴蝶渐次临近，像等待我的认知。有时我想，存在与幻觉哪个更真实？当蝴蝶停在那片篱笆时，我看到的是幻觉还是蝴蝶？与我记忆重叠的翅膀是去年那只还是更早的夏天？它们在花瓣上的停留短暂而轻柔，不惊动任何恶意的眼神，像亡者死前的告慰，但人类与蝴蝶永远不会重逢。米兰·昆德拉在小说《认》中写过一个中年妇女，她常在生活中模仿年轻时的衣着、口气以及手势，以期重新唤起丈夫或其他男人的目光，但她总是失败，这让我想起古诗"无可奈何花落去,似曾相识燕归来"。

蝴蝶是以自杀方式结束自己生命的。一只成年蝴蝶过了繁殖期后,会对活下来的后代构成威胁,因为年老的昆虫被鸟发现后,捕食者会根据图案分辨出想捕获的蝴蝶,这样会使小蝴蝶亦同时处于危险之中。因此,过了繁殖期的蝴蝶会落在地表上,凶狠地扑打自己的翅膀,直到精疲力竭而亡,它们要在被捕捉之前灭掉自己的痕迹和一切秘密。

是的,生活就是这样,在飞翔中凝望,

等待,变幻,直到叶子在秋天尽头,

由深变浅,然后凋零。

留不下一点痕迹,只有哀愁与感念。

一只被钉在墙上的蝴蝶标本,我们看到的只是美丽在时空的留存,它的悲哀不亚于钉在十字架上的耶稣。夏天我从神农架带回一只蝴蝶标本。这是一只绿带翠凤蝶,暗蓝色的翅膀上闪着亮光,是一种蝴蝶粉末组成的荧光,带有神农架特有的神秘和死亡气息。

看蝴蝶在天空中飞,与蝴蝶一往情深的凝目,望眼欲穿的伫立。我听到蝴蝶哭泣的声音。蝴蝶在流血,这是不同于耶稣的血,这反映了人类精神的分裂和对弱小生命的残酷。以事物之死为快感,让我想起某频道正在热播的西班牙斗牛。

刊于2003年第3期《散文》

虚境与人间

作为爬行动物,蛇的出现机敏而迅疾,像一个悬念。最早认识这种软体动物是在童年的河边,随后它不断出现在我的视野。诗人欧阳江河在一首诗里对蛇做过这样的描述:肉体即环绕。火焰的舌头,水的腰。首尾之间,腰在延长……

印象中,蛇总是与丑陋、阴冷、险恶等词语联系在一起。《圣经》中那

条著名的蛇一直盘踞在人类的意识深处,它诱惑了亚当和夏娃,也指出了真相。蛇的欺骗加速了人类堕落的速度。其实人类意识中有着恶的层面,蛇只是一个诱因。试想离开《圣经》的环境,人怎能对那只悬挂在空中的果实视而不见?如果我们一直生活在神话中,世界就不会出现了,蛇帮助人类认识了自身。

那只智慧果犹如一扇古老的转门,透明、多重,同时敞开和关闭着,我们从此看到了复杂变化的世界。伊甸园那条蛇的思维中有着人类的智慧,那就是欺骗。如此上帝罚它在地上爬。爬行使蛇有了动物特征,这是一种动物本性的还原。其实蛇和人类的故乡都是天堂,不幸的是人类一旦离开便永远无法回去,即使人类有火车,但天堂没有车站。

伊甸园是一个虚境,她曾是我们灵魂的居所,一旦离开,我们就脱离了上帝的佑护,我们必须用自己的智慧与自然搏斗,在抗争自然中生存。平衡被打破了,像一杯水从容器流出,在生活中渗透、交汇,从而分出卑鄙与高尚、真实与虚伪、善良与险恶,没有谁能够将它们合二为一。

最早读一本关于美学的书,说美是一种形式,比如蝴蝶的花纹是美的,斑马的花纹也是美的,蛇也有美丽的花纹,你能说蛇美丽吗?形式的美在蛇身上是如何被破坏的呢?爬虫学家格林总是把对蛇在人间的境遇抱有不公。他计划把人对蛇的害怕变成喝彩声,他说有朝一日,人们会考虑去森林里看一看响尾蛇窝,作为度过暑假的极好休闲方式。学者是从客观的角度考察事物,而人类则带着情感因素面对一切。

一只瓷盘里的苹果被下午的阳光斜照着,这是一幅名为《静物》油画的画面。苹果一旦进入艺术视野,总被抽象为美的物品。在这里,苹果是一种美好的象征物。秋天树上悬挂的苹果是我童年最美的食物之一。一个有月亮的夜晚,我偷偷溜进一处河边的果园。这是虫子鸣叫的季节,它们隐在草丛里,身体底部发出好听的声音。我在秋虫的鸣叫中接近那只悬挂了很久的苹果。苹果令我垂涎欲滴。

这是一幅寓意深远的图画:一个孩子在夜色中接近一种美好的事物,但意外发生了:草丛里隐藏着一条蛇。它的出现让我猝不及防,我迅速缩回伸出的手。这是上帝对童年不洁心灵的一次惩戒。

在以后的经验中，每当看到苹果，记忆中很快会出现一条蛇。生活中美好与险恶如此和谐。我的童年重演了《圣经》中的一幕，虽然结果不同，但人物和场景类似。在这里，蛇的身边出现了一个同谋——草丛。草隐藏了蛇，或者草与蛇共同完成了对一个孩子幼年心灵的袭击。草知道蛇的存在，但是草缄默不语。在以后的日子里，我一直在想一个问题：那片草丛为什么不告诉我蛇的存在。

蛇迅速离开了，但对于那片草丛，我产生了久久的恐惧。

我们不妨把记忆中的事物看作是一个寓言，无论是潘多拉的盒子，还是所罗门的瓶子，它们都是一个内敛的故事。一些日常的事物隐藏了罪恶的影子，使生活谎言丛生。而我成长过程渐渐偏离真实的轨迹最早也是从谎言开始的。

那是一个谎言的年代。在人与人之间，类似的欺骗和出卖屡见不鲜，而且越发卑鄙和恶劣。这让我必须学会怎样在生活中保护自己。

人类在总结中不断加深着对自然的认识。蛇有蛇洞，鼠有鼠穴。这里指出了物种不同的生活习性，而蛇鼠同居却是我亲眼所见。那次经历源于我的一个梦境：夜里我曾经梦见过一条蛇。次日，童年的我提着草筐去割草，在一个沟边见一老鼠溜进洞口，我随之用镰刀挖洞口，这时一条蛇从洞口慢慢爬出来。我与蛇对视片刻之后才意识到危险的存在，我惊恐地向后退去。

这个场景在随后的岁月里放大为人生的断面和缩影，它提醒我威胁总是出现在风平浪静的时候。在生存的道路上，人随时会与丑恶和阴谋相遇。

我一直把"过去"看作一个静物，它们被搁置在时间深处的某个位置，离上帝很远，但是离心灵很近。它们属于记忆而不是传说。比如一个乡村中午穿过的马车背影；父亲忧伤的眼神；一段尘埃落定的往事；一个没有定论的政治事件。这一切都像一只悬挂的苹果，一旦拂去尘埃就会露出事物的真相。

那些飞翔中的鸟类将天空视为天堂,而停止飞翔则意味着死亡。我的视野中出现了一只鹰。作为天空的王者,鹰有自己的领地与法则。鹰可以伺机向猎物发动袭击。鹰有时停在空中,像一片阔大的落叶,内敛、宁静,让你忘记飞翔,一旦形成袭击便迅雷不及掩耳。在自然法则中,美与丑、善与恶与人类惊人的相似:美丽的事物往往不堪一击。

布罗茨基说过:真理的结束是谎言的开始。这句话可以反过来理解:谎言开始时真理结束了。

一直想借助一辆马车返回童年,这与人类想通过诺亚方舟回到《圣经》一样艰难。如同庄稼回不到种子,水回不到源头,箭镞回不到弦上。生活中,十分欣赏舞者骨骼的柔美:流水的腰附之燃烧的手指,妖媚、华丽。肢体语言一旦被演绎到极致就会闪烁火焰,令人伤痛与迷醉。时装模特正是模仿了蛇腰、猫步这些要素,在柔和的灯光下光焰四射,这让我想起女人与蛇的共性。在不同的场景下,女人与蛇可以互相置换,看《花样年华》张曼玉着旗袍的身姿时,我首先想到这种软体动物。呵,蛇腰曼妙,张曼玉真的是条"蛇精"。

人类在多大程度上模仿了蛇的行为?有一次我进入地铁入口,通道里灯光闪亮,我的眼前却突然暗了下来。地铁在运行,一种声音隐隐地穿越地表。地铁有着人类的意志和钢铁的外表,地铁让我们进入另一空间——类似于蛇的空间,地铁的出现意味着"地下"含义被篡改——商业化的篡改。在商品时代,追求效益最大化是人类的共同目标,它像下车的旅客一股脑涌到一个出口,那里是金钱的集聚地。地铁让人类完成了对蛇的生存方式的模仿。

刊于2003年第3期《散文》

陶:另一种火焰

走近陶器必须经过这样的路途:几场大雪、经年不止的战争、寂静的村落、三两文人骚客、青驴、浩瀚的河流。最后到达一片久久不熄的火焰。夏天呈现火的颜色,空气中有燃烧的气味,恍惚间听到"毕毕剥剥"的声音。原野被雾气笼罩着,地上有焦土的凹痕。一些人影晃动着:是一些面孔黝黑的窑工,深陷的眼窝充满渴望。他们裸着上身,表情木然,脸呈陶色,青灰间夹杂着怀旧气息。

这是陶器出生地:火是父亲,土是母亲,窑工是始作俑者,他们身边是零乱的刀具、陶器的碎片以及淬火后的水汽。火一直在燃烧。从刀耕火种开始,火一直就没有失传。无论战乱、瘟疫还是在迁徙途中,火一直温暖着人类,也加深了祖先对自然与生命的认知。

在被岁月遮蔽的土地上,有着许多窑厂和不知名的窑工。那里布满火的痕迹以及窑工模糊的身影。窑的高温足以使物质改变性质,如同人类从最初物质的火上升为精神的"火",这是一个质变的过程。在远古,最初不经意的火星仿佛天启之光,使人类突然发现了自己。

在精神或哲学意义上,火与水的对应是从这时开始的。这之前,世界是属于水的——物质的水。泱泱一片,浩浩荡荡。更早的时候水是没有灵魂的,他们随波逐流。自从有了火,水变得情意绵绵,波澜不惊,水有了上溯的愿望。水沿着艺术的脉络上升到使古人分出阴阳的哲学高度。

窑工的手到达之后,土被唤醒了。土开始有了感情。土在艺人手中飞速旋转。在火的背景下,土和水合成一体,水来土屯变成一句空话。这些土已不是那些土,这些水也不是那些水,它们在火的照耀下被赋予一种穿越时空的重托——以陶的形式固定下来,保存或者被打碎。

这应是一段心灵的旅程,遥远的没有时间和地点。陶安然地坐落在时间深处,使我们洞见远古的工艺过程和生存状态。这种景观我在两汉文化圣地——徐州有幸看到:一排排灰白相间的陶器在地下静静排列着,像等待出发口令的武士,只是时光的口令一直没有发出。它一直缄默在历史的唇边。我知道这些沉睡的物品一旦被惊醒,那场大火就会从几千年前的黄昏一直烧到今天的黎明。

水、火、土,中国阴阳五行中的三种相生相克的元素在这里融为一

体,重新拥有了自己的形状、情感与记忆。从河姆渡、龙山文化、仰韶文化、半坡遗址到瓷的出现,陶记载着一个民族向上发展的文化轨迹。五千年是一层厚土,中间泥沙俱下,优秀的土留了下来,被艺人传递着。陶是一种来自民间的物器,与土为伍,漠视朝廷。谁在皇族的陵墓里见过陶片?古朴的陶,永不言语的陶,给我们一些民间质朴的启示,也暗含了古人浑然天成、大美不言、返朴归真的精神。

陶是一件历史的静物。在寂落的空间里,幽远、深邃,令我们的情感无法涉及。我们只能借助史书慢慢走近它。在机械制作取代手工的今天,克隆已使艺术失去自己的遗传密码。人类对某些科学技术的使用对自然的破坏或许多少年后才能印证。我们这个时代功利心太强,手艺无奈地在民间流落成一种遥远的手势,闪现在远古的记忆里。

"我看到了一只消失或行将消失的手,像我们的脸和身子在手艺的黑黑白白中又浮出了,在某种手艺的黄昏里。"(车前子:《手艺的黄昏》)。我一直喜欢旧物,不是因为怀旧,是它们带给我一种与现代生活相对视和反观的角度,一种宁静与纯粹。我手上有几件陶器,一直摆放在书橱显要的位置。它源于老家一个普通的村落,那是一个陶艺之乡。它时刻提示我文明在进化过程中给人类带来了什么,又带走了什么。

陶的形状让我想起人,想起古代的仕女图,想起安格尔的《浴》中玉女肩上托着的陶、流动的水。陶模仿女人的姿态,暗示了善与阴柔美。这与剑代表了男性、阳气、霸业相对应。陶与剑是中国文化的两条河流,在同一片天空下凸现着。陶让我想起一句俗语:放得开、收得住。有时还让我想起菩萨,陶有佛相,一味地平静,什么也不说,但什么都有。

对手工制品的喜爱,让我常游走于陶器之间,它们带着民间个体的审美倾向与情感,是克隆工序无法取代的。在今天,工匠传统已几近丧失。每当看到非洲和印度的匠人在简陋的作坊里敲打铜器,坚守着几千年不变的工序,看着东欧的工匠吹着十字军时就有的五彩缤纷的玻璃器皿,心里总有一种莫名的感动。在这里,工匠精神与民族文化有一种血脉关系——那是一种看不见的传承,在一砖一瓦之间;在工匠起伏的手势以及他们对传统工艺的迷醉中;在无数个铜器被反复敲打的黄昏里。

城市街角一个现代陶艺工作室。周围的装饰显示了时光的痕迹和人类对虚拟精神的向往——这已不是几千年前的陶艺现场。我常来这里模仿古人的工序与水土接触。我需要一种心境,在真实与虚构中间。我的手在水土之间有一种战栗——这是为东方艺术而产生的精神战栗。在这里,那些自然物质和我一起沿着精神的河流迅速回到祖先的年代。

久久抚摸一只陶罐,我的手被烘烤着。古老的火焰使我感到陶的硬度与深度。感觉土在上升,水在回溯,而火的燃烧愈加纯粹与完美。在超越现实的层面上, 我们必定要经过昨天的生活。陶带着远古土地的清香,在我们身上留下历史的花纹。那是一种典雅与神秘、变幻与静止、永恒与刹那间的波动——古老的波动。它们在几千年前的土层下散发着民间的光芒。在我心里那是不能转手倒卖的东西,因为没有一双异族的手可以托起它,它固有的造型与质地始终呈现着东方的神韵。

刊于2004年10月8日《青岛日报》

滨海读思

夏日目睹了圣火在北京燃烧和一场来自海上的帆船竞赛。在火焰中倾听莎拉·布来曼女巫一样的歌喉,她的声音让我感动。莎拉·布来曼是我喜爱的外国歌手,《月光女神》一直在我的书房和书页间萦绕,如同她湛蓝的眼睛透着英吉利海峡的雾气。音乐是指引人们回归心灵故乡的声音,伴随着那些来自心灵的声音,人们最终会找到自己的精神故土。最早听她的《斯卡堡集市》,就被那伤感的旋律和美丽的声音所打动,犹如一团蓝色火苗在慢慢燃烧,那是美国电影《毕业生》中的插曲。她与盲人男高音歌唱家安德烈·波切利合唱的《告别时刻》,描述了一对恋人行将远航时刻的眷恋与憧憬,莎拉·布来曼的嗓音把它表现到了艺术的极致,更有安德烈·玻切利那上帝吻过的嗓子锦上添花,听来回味悠长。

　　夏天在写《我居住的城市》系列,《车站》和《教堂》是其中的篇章。我在这座城市住了好久了,这里有许多富有情感与记忆的建筑,它们会说许多让人迷离的故事。在一部关于这个城市的画册中,我把这些描述命名为"一座城市的风花雪月"。在写到八大关的别墅时引用了一段博尔赫斯的描述:我不记得那里是否有门铃、小钟,或者只是拍拍手招呼开门。那火花四溅的音乐还在继续——还有一段是卡尔维诺的:如果杏树上只有一片枯叶落到草地上,那么望着这片枯叶得到的印象是一片小小的黄色树叶——如果是三片树叶、四片树叶、甚至是五片树叶,情形也会大致如此;但是,如果在空中飘落的树叶数目不断增加,它们引起的感觉便会相加,产生一种综合的犹如细雨般的感觉。

　　这个夏天股票在缩水,但海依然潮来潮往,股灾比大海吞噬了更多的生灵。云在夏天的夜空里飘,在窗口可以看到被月光照亮的云在风中迅速流动,它们变换着各种形状,像失去故乡的流浪者。去年在另一处房子也看到过如此流动的云层。夏天时城市的大街小巷蝉声如雨,从早晨到傍晚,无论在什么地方都听得见它们的啼唱。现在,蝉持续的叫声渐渐变成秋虫细弱的鸣叫。这些秋虫的鸣叫趁着夜色向四处散开在海边的草木间,此唱彼应地响着一片唧唧的声音,这是季节转换的信息。

　　"自古逢秋悲寂寥,我言秋日胜春朝。晴空一鹤排云上,便引诗情到碧霄"(《刘禹锡:秋词》)。秋天带着落叶的声音来了,远处的岛像淡蓝色的光影,海比夏天的时候更蓝了,蓝的让人拍案叫绝。夏天的海上常常有一层薄雾,在货轮的汽笛声中飘着。夏天在雾中看海与现在有许多不同,货轮在雾中缓缓穿行着,如同一部现代派电影中虚幻的影像。夏天是个暧昧的季节,但秋天就不一样了,秋天以后,这些货轮就从雾中露出庞大的身影,那些若断若续的汽笛从船的某个位置发出,然后像海浪一样向四周传来。秋夜天高露浓,一弯月牙在西南天边静静地挂着,清冷的月光洒在海边的沙滩上、大海上,那些泊在海面的大船在月色下像一头头淡蓝或者幽暗的海兽,银河的繁星却越发灿烂起来。晚上八点钟以后,火星就从东南方的天空升起,它比附近天空中的任何一个星星都亮，不论你在哪个角度都很容易找到它。

秋天读书让人沉静。"落霞与孤鹜齐飞，秋水共长天一色。"王勃秋日登洪府滕王阁饯别时，看到落霞从天而下，孤鹜由下而上，高下齐飞，秋水碧而连天，长空蓝而映水，那真是天上秋期近，人间月影清。这样的天气让我想起台湾诗人痖弦的《秋歌——给暖暖》：落叶完成了最后的颤抖/荻花在湖沼的蓝晴里消失/七月的砧声远了/暖暖/雁子们也不在辽琼的秋空/写它们美丽的十四行诗了——马蹄留下残踏的落花/在南国小小的山径/歌人留下破碎的琴韵/在北方幽幽的寺院/秋天，秋天什么也没留下/只留下一个暖暖/只留下一个暖暖/一切都留下了。

秋天去往附近的一个岛。岛上的树林被红红黄黄的斑点装点得绚烂多彩，松树却仍然像往常一样青翠欲滴，夕阳西下，海水如同一片火焰熊熊地燃烧着，落日的色彩变幻不定。我的床头放着一本卡内蒂的《获救之舌》，这是他自传三部曲中的第一部。艾利亚斯·卡内蒂的国籍问题至今众说纷纭，这与他一生游踪不定有关。他生于保加利亚北部鲁斯丘克（今鲁塞），祖父是居住在西班牙的犹太人。由于从小就酷爱艺术，对犹太教、商业活动深感厌恶，卡内蒂潜心研究文学、历史，并开始写作。1938年德国法西斯侵占奥地利，卡内蒂流亡法国，辗转至英国，定居伦敦并加入英国国籍，但他一直用德语写作。卡内蒂自幼受母亲影响颇深。德国文学，尤其是歌德对他一生的创作影响很大，乃至被称为"一个生活在20世纪里的18世纪的作家"。卡内蒂早年攻读过自然科学，这又使他喜好以冷峻的态度表现精神与现实的冲突，特别喜好剖析那些无足轻重的"边缘人物"，如异乡客、怪人以及精神反常的各种小人物。他善于从文化史角度洞察社会与人生，从现代社会的各种现象、人物和事件中去探索全面的解释，表现了一个严肃的思想家和艺术家所独有的个性、智慧和才能。

卡内蒂是20世纪唯一一位在政治哲学和文学原创两大领域均取得重要成就的人，他的《迷惘》和自传三部曲都是不朽的文学名著，而《群众与权力》早已被政治哲学界奉为经典之作。卡内蒂的一生是在不断的

流亡、放逐和漂泊中度过的，不安、焦虑和惊惧似乎总是与他如影相随。有评论家说，卡内蒂代表的是20世纪文学的一种十分特殊的现象：不断的流亡和放逐，其一生是20世纪欧洲苦难和战争的缩影。也正是在这个意义上，权威的《理想藏书》的编者认为，"这是一部不同凡响的精神上的《奥德修纪》，是20世纪的伟大见证之一。"《理想藏书》将《获救之舌》列在有史以来"回忆录与自传"类作品的第一位。

秋天常常会有一些鸟等待我去注意它。附近商店矮檐下有一窝燕子，夏天的时候，五只雏燕常常露出它们的头向外打量，现在只留一个空巢在暖阳下，它们已飞往温暖的南方。明年是否还能够看见它们？任何季节的转换都有新的气象，就像我书桌上那只蝉壳，它告诉我时间在不停地飞走。人有时和鸟同样不能确定自己的命运和未来，同样不知道夺取自己生命的风暴来自何处。去年大概也是这个时间，风带来凉凉的秋意，我乘火车一路西行到达美丽的西部省份——四川，今年春季一场空前的大地震让我的记忆面貌全非。从汶川地震的精神废墟走出来，日子已恢复往日的平静。大地震袭击了每个有良知的心灵，我的目光久久凝滞在中国西部的绵延群山中，我的眼睛满含泪水。今年是中华民族的祭年，星月垂泪，斯世同哀，长河落日都是我们的祭文。

再过一段时间冬天就要到了。冬天乘着四轮马车，哼着古老的歌谣，从北方向城市奔驰而来。不知道这个冬天是不是会有一场大雪，那些迁徙的鸟群在哪个屋檐下过冬？更不知道那些在地震中失去的生命，是否已找到灵魂的栖息地？我只有在秋天的天空下遍插茱萸，祝福那些远行的鸟群，怀念那些死去的灵魂。

刊于人民文学出版社《2009散文》

幻觉的河流

黄昏，聚集在河周围的各种表情叵测的动物（昆虫、软体动物、飞禽、植物、有脊类动物和爬行类)一起并置,没有主次角色的区分,它们无缘由地出现在一个时刻,形迹可疑。这是我离开故乡的最后一个黄昏。它们的目光变化不定,让我对周围产生了怀疑,我觉得自己进入了一个由河与幻境构成的场景,一个不属于我的场景。比如蛇在这个春天的出现是否意味着是一种隐喻?这个春天第一次出现的蛇被我看见,它是否还将被别人看见?狐狸优雅的身影从草丛划过,蛇火红的舌信子迅速伸出又缩回。一群山羊出现在视野,驱赶它们的是一位少年。他们来自更遥远的村庄,在杂草丛生的河岸上,在五月的这个下午,他转身的时候,我看到的是一个老人的背影,我知道时间在老去。

河在我记忆中是个忧伤的符号。

惊蛰以后,河开冰了。河水轻轻流动着,大小不同的冰块冲撞着向下流去,发出隐隐的响声,像是男人角力的声音。有时会有冰块撞出河岸,河上时而有上游漂来的草屑、木块、狗和猫的尸体。每年春天我都要去看河开冰的场面。河的两岸,男人在播种,他们裸着上身,太阳晃动着男人粗狂的身影。那些从远村嫁来的女人,胳膊划着漂亮的弧线,随手撒下一粒粒种子,这些种子带着女人的体温进入温暖潮湿的地。多少年,古老的风吹过茅屋,吹裂屋檐下的石榴树。相信黄道吉日的乡亲,年年都依着陈旧的柴门,等待喜鹊的叫声传遍村庄。

月亮从上空升起。春天的月亮暖暖的,有时,周围有个光环,老人说明天有风。第二天果然刮了很大的风。这样的夜晚,母亲会给我讲吓人的故事,她说:呼哒呼哒生人气,见了生人活剥皮。母亲从来没给我讲过好听的故事。比如牛郎织女的故事是我后来从书上看到的。有一段时间,我一直在母亲的故事里漂流,像一根草屑,一直听到有个声音在耳边回荡:呼哒呼哒生人气,见了生人活剥皮。

河边的谷地里扎着一些稻草人,风吹来像一个人在摆动,有时我真的害怕这些稻草人会活了起来。我于是下意识地说他们是稻草人,他们不是人,他们是假的。往家走时一直担心这些稻草人会悄悄跟了上来,感觉身后有什么在响,像脚步的声音,回头看看,那些稻草人还站在那

里，摸摸头上已经出了一层虚汗。那些稻草人为什么让我产生恐惧心理，他们已经有了"人"的特征，他们虽然不是活人，但也不是死人，或者他们根本就不是人，那么他们是什么？我心里的恐惧从何而来？这是一个缠绕已久的诘问。

那条河上有座铁桥，这是我接触最早的铁桥，钢架的桥臂，巨大的桥墩，白色的河水与青色的铁桥构成一种对比——原始与现代、宁静与喧嚣、自然与人类的。这是以两种声音播放的记忆。河水与火车的声音一直贯穿在我的生活中。火车穿过铁桥时隆隆地轰鸣着，河水潺缓地流着，在太阳下流着耀眼的白光，我们聚集在铁桥下等候火车的临近——

——火车来时，我们的眼像狐狸盯着葡萄一样，盯着从桥缝里散落的煤核，它们唰地落在地上、水里，有的在桥墩上跳了几下又跳进水里，溅起一些很细的水花。我们有着复杂的表情，紧张而各异的心情，伙伴们咬在嘴里的手指、对视一下又迅速闪开的眼神，这是一些宁静的下午或傍晚，煤核落在地上、溅到水里的声音贯穿着我童年的记忆。伙伴们同时伸向一块煤核的手，追逐煤核时奔跑的身影，捡到煤核时惊喜的眼神以及空手而归的惆怅，如同一部黑白片在童年的铁桥下不停地回放。

记得自己藏在草丛的煤核被一个大人偷走了，我是从他手上仅存的细小煤末断定的，在一个下午，我找机会揭穿了他的行为，父亲也参加了这场关于煤核的争斗，那是我第一次为一块煤核的利益而向大人发言。它关于我的劳动成果。在童年，我过早指出了成人的奸诈、谎言、掠夺、争斗——这是一次人生的预演，也是生活对于童年的伤害。而另一场关于煤核的争夺发生在我和一个伙伴之间。结果是我们俩人打得鼻青眼肿，满脸煤灰，留下一些散落的煤核，在回家的路上，那个盛煤核的草筐在故乡的路上不停地滚动，以童年的速度。

秋天很快过去了。冬天我们把红肿的手伸向炉膛，火变幻着颜色，淡蓝微红，橙红色的火焰在炉膛里跳跃，偶尔从炉盖的缝隙伸出火焰又迅速缩回。有一年冬天，我的一个小伙伴为去铁桥下的冰面上捡一快煤核落进河里，他肯定挣扎过，但没有人知道，寒冷迅速封住了他落水的冰面,像什么都没发生。只有他用过的柴筐,坠落于铁桥下的河岸上,又神奇地滚回他的家门,向大人报告了孩子落水的消息。大人们没有一点惊奇,表情平静的像结冰的河面。春天开河后,在河的下游发现了孩子尚未腐烂的尸体。有一种声音越来越大,我看到一个挣扎的手势。

我的记忆里一直有两只狗。一只狗在一个冬天越过冬天雪地的北风,去东北找它的主人去了。另一只狗因吃了死人肉疯了。河岸上时常有一些死孩子:故乡的习俗,孩子死了是不能入葬的,要扔在有水的地方托生,可以在来世投胎到有钱人家。那只狗吃了死孩子肉后疯了,它睁着猩红的眼睛,见了人狂吠不止。后来,这只狗被人活活打死了,狗皮挂在村头的树枝上,像迎风拓展的旗帜。风吹来时啪啪响动。

中午的阳光令人晕眩,河岸上出现了一个衣衫飘飘的女人,她口衔桃红,满脸妩媚。她的周围有一股水汽。她说:跟我来。她的手指闪烁着火焰。我跟着她走,我记不起在哪里见过这个女人。一个发廊?酒吧?还是在曾经做过的一个梦里? 她总是说你过来呀。我要了一杯法国白兰地,阳光的颜色。她有火焰的舌头,我的手在下滑。我能感到一种陷落,迅速、战栗,在冲击与速度中。一会儿,这个女人潜入水里,不见了踪影。这是一个美丽的水鬼。民间有一种说法,幼儿的眼在没有被污染以前,能够看到大人看不见的影像,比如死去的人。那条河里常有水鬼出现,我的那个小伙伴的灵魂进入那条河流,变成了一个水鬼。每年春天的某个傍晚,有人会看见他裸着身子坐在河边,一动不动。

记忆中那个老人一直站在河边。老人先是不假思索地过河。宽宽的河面水错落地流动,老人感到水的对流、水的潜流以及水的缓流,感到水位沿自己平静地上升,水在接近自己,水在接近天空。老人感到前进或者后退都是一种错误,老人站着,一动不动,水中的影子好深好深。老人绕过第一次的水路,老人绕好多错落的水流,老人沿平静的浅水走了好久又站了好久,老人见细软的水纹在平缓流动,心里就犹豫起来,平缓的水下是什么呢? 老人不敢下结论,然后老人重新站在水里,一动不动。老人在岸边站着、坐着、躺着,老人在设想这次该如何过河,老人

在平静地走动,老人想起两次过河的经验,老人想了好多方案又一次次否定。

然后,老人想起水上的飞鸟、鱼群、沉船的经验以及一句古训,那个老人始终想不出第三种过河的方式。

我有种预感。有些东西根本就不存在,我无法证实自己或过去。或许它们只存在于想象之中。现在我在海边生活。我坐在另一个世纪的春天里,抽烟的姿势有几分颓废。有时我在咖啡厅或酒吧,从别人对视的眼神中看到一种光芒与坠落,看见时光在闪回,用水的方式。

刊于2003年第3期《散文》

黑夜的记忆

在我的记忆里,黑夜里的村庄是一块巨大的石头,寂静的令我的文字无法涉及。

黑夜来临之前,鲁庄上空飘着一层薄雾,久久不散。劳作的农人总想在夜黑前赶回村庄。他们赶着牛、扛着农具,说着去年的苞谷、今年的麦子。喊牛的声音、找孩子的声音、农具碰撞的声音,此起彼伏地缭绕在村庄四周。

这是北方一个普通的村落,面南朝北,一条河流在记忆深处。茅屋、炊烟、柴门在落日映照下逐渐变幻着颜色。白天热闹的村庄在黑夜之前变得肃穆、寂静、空旷。鸟群从高空"唰"地冲向下,留下一些微弱的叫声。我不知道黑夜对鸟暗示了什么。白天可以用歌唱去描绘鸟叫,夜里的鸟鸣则近似哭泣。

黑夜改变着一切。夜里的动物总是和恐惧连在一起,它们的行为令周围不安。我曾在夜里看见一双发着幽光的眼,像两只灯笼从麦地边缘向远处游动, 然后消逝了。这类动物是黑夜的一部分,它们不属于阳光——它们的基因包含了黑夜的成分。

　　一只猫出现了。不知是谁家的猫，瘦得像我的童年。它每天准时在傍晚时分出现在我家的柴门旁，眼神忧伤得像在下雪。临走前叼起我扔下的鱼骨、用感恩的眼神望我一眼，然后"喵"地一声消失了。猫的叫声是阴性的，它的毛色、蓝眼、肉垫、身姿和感觉。这只猫后来在我梦中反复出现，还有那场雪，一场漫无天际的大雪。

　　又圆又大的月亮慢慢升起。月的清辉像一首词，清冷、缠绵，泼洒在村头的草垛上。鲁庄在这样的夜晚变得相当沉静。光暗下去，地气上升，空气中弥漫着庄稼、牛粪、马尿、花香以及岁月的复杂气味。草垛柔和又亲切，那是孩子的乐园，这样的夜晚，我们隐身于草垛之间捉迷藏。使人生极具游戏的隐喻。我们悄悄藏在草垛的阴影里，忐忑地等待伙伴的手从背后伸来，惶恐又惊喜，但伸向我们的往往不是伙伴的手，而是命运。夜晚是男女的圣坛，人们伸展着欲望，扭动着身子，裸露本性的酮体。狗在性交，猫在叫春，黑夜成就了一切。

　　蟋蟀是我喜爱的昆虫。它们在夜间的咏唱略带哀愁的成分。一只蟋蟀可以把童年的忧伤浮起、唤醒，升到月亮的高度。那些年，为了寻找一种声音，我把蟋蟀草忐忑地伸向黑夜。有时，我独自坐在夜里，听蟋蟀们咏唱，看它们在夜里不停地跳动，只是蟋蟀永远跳不出古老的夜晚。蟋蟀的合唱是一种小夜曲，而纺车的声音则像一支二胡。祖母是最后的纺花女，她和一架纺车相伴一生。夜里，祖母的手颤颤地伸向纺车，很快，纺车声在村子连成一片，淹没了蟋蟀的叫声。纺车停下时，蟋蟀的声音又从暗处涌来，渐渐升起，此起彼伏着，如一段乡村变奏曲。这时，河流过渡得相当沉静，河流把忧伤用抒情的形式呈现出来，像一把小提琴响在远处。

　　老人沉浸在他们自己的世界里。

　　鸟在自己的声音里。

　　马在奔驰的梦里。

　　乡村在黑暗的记忆里。

　　河水蓝、河水清，

河水流在古老的河道里。

在这样的夜晚，我总是一个人踽踽独行，望着瓦蓝的夜空，看见天空的星星穿过云层，穿过遥远的夜晚，向我飞近。

多年后的另一个夏夜，我沿着故园的土路走进村庄时，村庄一片死寂。纺车的声音突然停下，祖父离开人世。他是我生命中最早离开的亲人。记得祖母用她的手在祖父鼻子口平放了一会儿，说了一声"走了？"半天才传来家人惊天动地的哭声。我不轻易流泪，那应该是我生命中第一次泪流满面。我不清楚是为那些逝去的蟋蟀声音还是为祖父。感觉眼前突然洒满大雪。

是的，故乡在下雪。

我的童年总被一场大雪笼罩着。那些年，祖父一直住在乡下的老屋里，每当黄昏临近，老屋便传来尘土一样的叹息声。祖父端坐在火炕上，一条腿弓起来，另一条腿伸开去，粗大变形的指节让我想起苍鹰的爪子，他手中的铜烟袋在暗处一明一灭，皱纹像故乡的河道一样弯曲、深邃。祖父给我的印象总是不停地在夜里吸旱烟，寂静、苍劲的影子映在土墙上，宛如一座青铜雕像。祖母的痨病常在夜里发作，她总是把墙拍得山响，我们家族有一种痨病，像河一样流在我们血液里。鲁庄是我的老家，那里至今有祖父留下的草房子。我坐在鲁庄的夜里，看见往事淹没了亲人的脸、农谚、手势和想法。还有柴门散发出的淡淡暖意，反射着岁月的光泽。

在这里我不得不说到水井。水井在我印象中是又一处黑暗所在，隐藏在记忆深处。那些水井有砖砌的，更多是土井，一副深不可测的样子。一块石子投下去，很久才会听到井底传来清凉、郁闷的回声。我记得一些打井人时常被自己挖的井深埋其中，不再生还。那些年，那个俊秀的乡村少年就在这样的生存状态下，送走自己的童年和少年。黑夜穿过他忧郁的眼神，那是永远打量、猜测、顾盼的眼神，交织着故乡上空的绵绵炊烟、鸟群的鸣叫、庄稼倒伏的影子以及反射着天光的积水、木犁起伏的侧影和亲人们在黑夜之前告别的手势。那是黑夜中的火焰和道路。记载着关于一个少年成长的历史与传说。

多年后一个初秋的夜晚,有一只鸟从夜里起飞,衔起一粒光明的种子,向太阳飞去。我就是那只夜行的鸟,我在夜里看到了光明。只是我的眼睛包含了黑夜与雪的成分,还有黑夜来临之前,鲁庄上空久久不散的薄雾。

刊于2003年第8期《中国铁路文学》

怀念一条河

胶河从我老家高密境内流过,这里是胶东与昌潍平原的交汇处。高密史称夷莱,地名与大禹有关。这里相继出现了经学大师郑玄、齐相晏子、清代大学士刘墉等历史文化名人,史称"三贤"。但是胶河却始终不为人所知。白天坐在车上看胶河,它会像闪电一样一闪而逝,然而夜间,车出高密,你于静谧中隐隐听见火车从一架铁桥滚滚而过,这时你的身下就是胶河。我的老乡莫言在那篇著名的小说《红高粱》中写过那条河,他说:一颗子弹穿过高粱叶子,在空中划条弧线,然后落到河里去了。

胶河是条季节河,上游源于一个水库,下游出高密境汇入胶莱河。我羡慕奔流到海的大河,比如长江、黄河,但每条河都应该有自己的生命历程,即使没有名字,就像那些逐渐远离森林的树木。我不希望胶河流到海里,即使没有河,海还是海,而河一旦入海就不称其为河了。

很早的时候,河里有座木桥,是村民用当地的灌木搭建而成的。走上去晃晃悠悠、"吱吱咯咯"地响。人们细碎的身影在水里迅速聚合又分离,然后随水声流远了。后来,那座年久失修的木桥塌掉了,厚重的木板落到水中,被沙土覆盖,这是我在北方唯一见过的一座木桥。人对水有种天生的神秘感,岸边的浅水让人亲切,但再往里走,河水逐渐加深,变成了深绿色,一种恐惧感会突然袭来。

河对岸有三户人家,每年春天会看到他们的牛放养在河岸吃草。他

们的茅屋曾经多次被大水冲倒,但每次大水过去,他们会再次把房子搭起。那是典型的茅草房:土坯、土墙、麦芥搭成的屋顶,就像乡民经不起风吹雨打的命运一样。多少年,那些房子被水冲倒、再建;再冲倒、然后再建,如此反复过了好多年,直到故乡遇上一场多年不见的瘟疫,三户人家的身影再没有在河边出现,只有失修的茅屋孤零零的在河边日渐破败、倒塌,然后永远消失了。

从那时起,我就对"家族"这个词怀有刻骨的敬畏与神秘感。在故乡,我目睹了许多人家消亡的过程。高密地方志记载:洪武二年发大水,梓童庙上挂浮柴。许多周边的县志同时记载了那场来历不明的大洪水。相传,五百年前的一场灾难曾使胶东一带荒无人烟,我的祖上就在那场灾难之后自山西出发,历经千山万水迁徙而来,然后在故乡高密生养繁息。在与自然的抗争中,许多家族像那三户人家一样永远消失了。

在生命的历程中,有三棵苹果树一直影响着我:一棵在伊甸园;一棵在牛顿的故乡;第三棵就在河对岸的果园里。对于地球来说,伊甸园的苹果开启了人类蒙昧与智慧的天光;牛顿的苹果揭开了万有引力的秘密;而对于我,那棵对岸的苹果树挂满了童年的幻想。如水的月光下,我偷食过那里的苹果,我不是亚当,我是一个饥饿、好奇的孩子,这是否是人类的原罪?

春天是河流的青春期,河水自上游涌来,日夜汩汩作响,催开了繁花树木。两岸的白杨排箫一样装饰了河面,河水清澈透明,波澜不惊,俨然一副东方文化的气象。深入水中,感觉骨节、头发和手指也变成了蓝蓝一脉。在水中,人与自然的融汇妙不可言。走在岸上,露水打湿人的裤脚,脚下"刷刷"响着草叶的律动。傍晚时分,雾从对岸升起,随着远远的喊牛声,牧归的牛群出现了,它们被夕阳燃烧着的鬃毛映在水中,变成了淡蓝的倒影。这时的远山、村落、近树、水草完全浸染在一幅水墨画中,即使你随便喊一声,也会破坏这份宁静、这份和谐、这份神妙。

"桑子红、麦粒黄,说了媳妇忘了娘"。桑子节到了,我们可以穿上崭新的衣服,欢笑着走过古老的木桥,向对岸涌去——那里有一个很大的集市,红红的桑葚在阳光下闪着光亮。那一天我们可以吃上又酸又甜的桑葚,脸被鲜红的桑葚汁涂满,像古戏中的花脸。春天也是动物的天堂:蛙在鸣叫、鱼在跳跃、鸟在欢歌。一只鹰在天空盘旋,巨大的翅膀拍击着气流——它在搜寻草丛中的猎物:老鼠、蛇或野兔。河两岸树林里时常传来布谷鸟的叫声,这种不断啼叫的鸟曾经唤起许多诗人的思乡情结。我常会在这个季节想起这种鸟。

城市是听不到这种鸟叫的,城市与鸟声已经隔了很多距离。傍晚,太阳一动不动地照射着大地,远处传来火车隐隐的轰鸣声,车站的扬旗静静起落着。河在流淌,在时间之外,在时间之内,在我心灵的牧场。

草是不能忽视的植物。晚风吹来,水波乍起的两岸,草,迎风飘扬,形成了无边无际的草浪。我观察过草:一棵草被折断后仍在不屈地挑战天空;一片草在大雨前摇曳着寻找平衡;河流两岸的草在大风中无声荡漾着,整个世界的草用生命遥相呼应——这样的景象让我们想起什么? 它会给人类多少哲学的启迪?

某个夏天,我在栖居的海滨与一位故人喝意大利咖啡。外面袭来海的咸腥气息,谈话之余,他问我还记得那条河吗? 他的表情像河床一样沉默。这时,某种东西在我心里突然涌动起来,我知道那是一条河在流动。我很想徒步走回老家,脸上布满尘土。秋天的尘土飞扬着,伴着落叶"沙沙"的回声。

河的意境、河的经历。

月色如水,一泻千里。

民歌是一种怀念,在河上游。

我说的是过去。这条河已经消逝,它像一位美妇人流干乳汁后的乳房,早已皱纹遍布,干瘪不堪,只有干枯的河床裸露在光秃秃的平原上,显示着它曾有过的青春岁月,深沉而且苍凉。河与水密不可分,有了水,河就动了、活了,就有自己的生命与灵魂了。和世间所有事物一样,河流也有自己发源与消逝的过程。一条河的消逝正像一座著名的城堡、一个帝国、一颗星球消逝一样复杂,然而人为因素加快了它消亡的速度。

时间是另一条河流,它在城市之外的深处,把我的心冲刷成一条记忆的河床。我能否踏着落叶再次回到故乡的河岸?

我怀念那条河,怀念所有滋润过世间万物的河流。在超越物质的高度,它使我们的感情得以净化、美好、提升,在精神的河流上,我们逆流而上,最终抵达美丽的家园。每次列车驰往故乡途中,我总是很早就闭上眼睛,以免看见那条干枯的河床。当列车经过那架大铁桥时,我仿佛听见河水响起的声音,仿佛看到丰茂的水草以及落日下两岸不断变幻的景物。我的记忆顿时变得波光粼粼、浩荡一片。

祖母曾亲口对我说,她年轻时曾在河里看见过蛟牛顶角。蛟是民间传说中的动物,与龙一样有着翻江倒海的本领。我不知道奶奶看到的是幻象还是什么,只知道自己祖辈曾在这条河边生养繁息,与地为伍,以食为天。而我的后辈却离那条河越来越远,这不知是幸运还是悲哀,他们的血液不再有河的成分。在海边,他们受到海洋文化的渲染而成为现代文明的一员,而我却是处于海文化与河文化中间地带的两栖动物,既不能回到过去又不能全力投入今天,集浮躁、孤独于一身,这是一代人的特征。

岁月易逝,以后再提起那条河,他们会像我对尼罗河、塞纳河、密西西比河一样感到空洞、抽象、遥远。河与土地以及自然景物一样,是东方文明的最后庄园,既不能再造,也不能复生,他们的消逝将为人类鸣起苍凉的钟声,如同我们在河岸捡起的陶片。

刊于2005年第5期《青岛文学》

蓝调乡愁

1.关于老家

关于老家——这是一个在心中被反复追问的问题。它关乎一个人的成长背景、人生态度甚至影响自己一生。

我的老家在高密，祖辈在那块生长高粱与歌谣的天空下生养繁衍，人丁十分兴旺。记得来青岛之前，父亲阴着脸说：上那地方干什么、人生地不熟的。听到这话就像看到有堵墙立在我和父亲之间，我能对他说什么呢？那时只知要早点离开那个生活了多年的小城。

在海边居住是我多年的愿望，蓝蓝的海空，漂亮的建筑是极大的诱惑，让我携家带口一路风尘地在这里找到一块栖息之地，也算到了人生的另一个车站。

记得刚来那阵，望着从老家带来的坛坛罐罐，心里不觉怅然，是一种什么感情使我不安呢？噢，想家了，我说的是老家。

在我印象中，老家的概念就是一口水井，一簇树影，一种乡音。想起老家，便想起秋后的农田里，那些刚被割倒的玉米、高粱在清冷的秋光下静静地倒伏着，牛蹄印下的脚窝蓄满雨水，一些不知名的鸟儿嘎然而去，留下一阵清凉的叫声，牛的背影在秋色里愈加清晰。这时候，老家就在一种难以复述的气氛中时近时远，像一首打击乐，朴素的景色令人肃然，令人无言。老家不远，仅两小时的火车路程。我每周都回那里看望父母。每当列车穿过熟悉的村落、河流时，我就想：新址与老家不过是鸟从一棵树到另一棵树之间的距离，然而，就在这两棵树之间，鸟儿完成了飞翔的过程，如同我们完成了生活的更新。每次回到老家，母亲总是忙着为我做饭，然后问最近忙吗孩子好吗之类的话，一种亲情难舍的温馨飘然而至。这时很容易想起三毛说过的一句话：家就是有人为你在窗口点亮一支蜡烛，等你回来。

然而在老家住久了，城市的街景、哥特式建筑、红色轿车、咖啡之类就像打击乐一样在你耳旁起伏着，另一种诱惑再次令你不安。

实际上，居住是人类伴随其他行为的一种生存方式。因为工作，我们既可以在此地居住，也可以在异地生活，这个城市不是你的，这个乡村也不是你的，属于你的只有感情与思念。想到这里就会明白那个曾对家做过精辟比喻的三毛为什么离家出走，为什么流浪，为什么永无止境

地独身穿过荒无人烟的撒哈拉沙漠。也许这个世界只有一个三毛,剩下的就是在新址与老家不断徘徊的我们。但我又相信,超人有超人的心境,凡人有凡人的感情。从这一点,我理解了为什么在我再三催促卖掉老家那所旧房子时,父亲总用沉默回答我。

2.飘在城市

　　城市是伴随人类文明与进步发展起来的。农耕时代,人类开始定居。伴随工商业的发展、城市崛起和城市文明开始传播。工业革命后,城市化进程大大加快了,农民不断涌向新的工业中心,城市获得了前所未有的发展。上世纪80年代开始,中国农民的身影划过麦田,向雾气笼罩的城市进发, 而人类的移位和错位现象成为20世纪乃至21世纪最普通的现象。和安居比,漂流是人存在的另一种状态,有一些人注定永远生活在路上。他们寻求梦想,难以安于现状,他们是一些无根的人,悬浮的人。城市是他们的居住地,或者从根本上说,城市是我们的居住地。

　　我是带着一路疲惫进入这个城市的。那天城市上空正在下雨,在车站出口,当陌生的面孔在雨伞下错落地出现时,我意识到自己已身处异地。

　　到处是人群,到处是高楼,到处是甲壳虫一样伏地而行的汽车。我在人流如织的大街上茫然四顾:这是何时? 何地? 我在什么位置? 当汽车喇叭再次把我惊醒时,我才想起这是一座城市,一座道路画满斑马线的城市,一座书中多次出现的抽象而又具体的城市。

　　城市生涯是从居住在一间半地下室的居所开始的,拥挤、潮湿是第一感觉。六平方米的空间把人的感情压成平面,四季轮回将生命勾画出四张底色不同的画面, 而黑色是最原始的一张。那种真实我决不会忘记,犹如人进入没有出口的迷宫,争夺生存空间从那时在我心底留下深深的思维痕迹。

　　城市、城市,只能是城市。我生活在这样一座人口膨胀、物欲膨胀的城市。到处是拆迁的残垣断壁,到处是挖得横竖不堪的道路,到处是机器声与马达的轰鸣，人在此地，感情也被密不通风的楼群剪成碎片。那些尚未学会高贵姿势的大款因体制的破损而钻了空子，这些几世纪前巴尔扎克笔下的暴发户们在一掷千金的同时，也随口吐着下流的语言垃圾，像服用激素过早发育却脑力不全的患者；广告犹如那些浓妆艳抹、招摇过市却又腹中空空的女郎，你能看见她们向你调笑的瞬间，伸向你口袋的手和默数纸币的表情。

贫与富、美与丑、灵与肉的分化像相背而去的列车，而站台是空的，没有一个耐心等待的旅客，我们已经晚点了，加快脚步才能赶上最后一班地铁……我有进入世纪末的感觉。

这就是当下城市人的精神状况。在一个世俗的年代里，人们的目光不再清澈，而是浑浊、迷惘，人们的举措也显得姿态零乱，纷攘与重荷的生态中，时常荡起不可承受之轻的泡沫。一味地媚俗、一味地虚假、一味地浮华。生活和生存的关系如同硬币的正面和反面。

那一次，我在酒后随一位朋友进入这个城市消费最贵的酒吧。脚一落地，就有一种被什么浮起的感觉。酒杯、咖啡、女人的红唇，在打击乐中汇聚成一种现代文明的没落景象，像不堪入目的一群人在城市夜空里嘶哑着、挣扎着、表演着。我知道，这些人远远没有拿到通往文明大门的入场券，这只是文明的假面舞会。

这时难免想起孤独的美国乡村歌手；想起米兰·昆德拉那个著名的命题：生活在别处；想起原色大道上的老牛车，以及车上光屁股的孩子哼着无忧无虑的歌谣。在这里，乡村已抽象为色彩凝重的印象画，在灵魂最干净的位置。

那时感觉自己像一艘船，一艘刚刚被物质的欲望浮起，进入苍茫海城，却又不知去向的船。

记得自己是被一个女人推拥着，脚步轻盈地踱出那个酒吧的。我感到那个女人的手在暗处抽动，渐渐伸向我的灵魂。不记得自己怎样离开那个珠光宝气的女人而走上一座山的，这是城市最高的山，可以看得最远的山。山下的城市正在沉睡，酒吧在夜的深处举着透月的酒杯，酒杯

离我越来越远……我终于意识到这个城市不是我的。

这是一个别人的城市。

那一夜，我独自登上驶往故乡的夜行客车。

3.蓝调乡愁

在居住地与老家之间，有种东西叫做"乡愁"。它常常在某个时刻悄然来袭：月圆时分或当夕阳西下，一片落叶打在你肩上时。乡愁是一种不折不扣的思念。

那深色的牛铃下面是我的故园/她以木犁的方式出现/牛在背后无声的走着/我们流着泪/伫望高粱成熟的幻景/生命被酒杯传递着/故园依着紫色的篱笆/那些红幽幽的乡亲，蓝幽幽的火苗/青幽幽的日子啊——

我的"老家"在哪里？或者说我们的"老家"在哪里？

塔可夫斯基的《乡愁》是一部讲述背井离乡的俄罗斯民族特有精神状态的电影。塔可夫斯基借助这部影片来陈述他们的民族根源、他们的过去、他们的文化、他们的乡土、他们的亲朋好友那种宿命的依恋。《乡愁》叙述一位俄国教授在意大利与美丽的女翻译、癫狂的多梅尼科间微妙的关系，以及置身异国他乡时的记忆、梦幻和心理交战。在关于《乡愁》的随笔中，塔可夫斯基引用了他的父亲——诗人阿尔谢尼伊·塔可夫斯基的诗："目光渐弱/我的力量/两道缥缈的钻石光芒/听力衰颓/萦萦久远的雷鸣/以及父亲宅厝的声息——不再闪烁羽翼的光辉"。《乡愁》里有一组关于"家"的记忆片断：草坡上的房屋在烟雾中时隐时现；几棵树；悠闲的马和一只狗；乡亲忧伤的身影。画面透着对家园的深切怀念和永远无法回归的情愫。这里塔可夫斯基要说的不是具体的"家"，而是关于祖国的、哲学的、人类深层意义上的，是人类的一段心灵史。

台湾乡土电影代表人物侯孝贤的作品揭示了"都市与乡村的对立"主题，在对乡村生活与景观不遗余力的赞美之中，渗透了对物欲横流的都市物质与文化失调的批判意识。这种批判是间接和隐含的,主要通过一系列城市与乡村的丑恶、美好的二元对立的影像体现出来,同时这种批判是温和宽容的,而非犀利冷峻的。六十至七十年代,台湾社会由农业向工业社会转变,经济起飞,台北、高雄等地逐渐发展为繁华的都市,也成为侯孝贤影片中年轻人为之心驰神往之地,他们背井离乡到都市寻梦,但他们遭遇的往往是最初的梦想的幻灭,迷失在都市的车水马龙和光怪陆离之中。在这种无所适从的空虚失落中,"乡村"成了坚实的后盾——精神家园,疲惫的身心在这片净土可以得到憩息,濒临绝望的灵魂在这儿终将获得救赎。在《风柜来的人》(1983)中,渔村的一切是平静、悠闲的,主人公阿清和同伴们成天无所事事,精力过剩便常打架生事、恶作剧、逃票看电影……进入高雄的生活则忙碌而灰色,黄锦和铤而走险,其女友成天求神拜佛;阿清他们在街头被骗……在两种生活的并列展现中,编导的倾向性不言自明。《冬冬的假期》(1984)描画了如诗如画的田园风情,"一切景语皆情语",导演对田园的欣赏尽在其中。虽然表层的东西(主人公、情节等)不同,但是具备内在的一致性,即都是关于成长体验、关于青春的题材,勾画主人公的一段经历及心路历程。侯孝贤的电影也许为当下许多人这种游历的心灵做了一个档案。

"多少靴子在路上/街上/多少额头在风里/雨里/多少眼睛因瞭望而受伤/我是一个民歌手/我的歌/我凉凉的歌是一帖药/敷在多少伤口上……"(余光中)。

从某种意义上说,城市只是我们生活的驿站,乡村才是人类最后的家园。

刊于2008年5月11日《青岛日报》

家族的记忆

家族是构成社会与民族的基本单元。一个家族的走向是各种因素

作用的结果。

作为移民城市，青岛最早只是作为一个词，浮现在我的记忆里，它曾被父辈不断说出。家族的根系曾在40年代延伸到青岛，然后颤抖地缩回。而我作为家族的移民登陆这片祖辈陌生的土地已有二十年之久。那是一段关于漂泊的故事，在船出现之前，首先是汽笛和咸味的海风穿过街道和楼顶直抵鼻孔。相信父母初次进入岛城时也是这样的感觉，那应是一个遥远的下午或黄昏。

母亲早年总是不断地说：青岛，青岛啊，我年轻那会儿——她的眼里含着山水，含着岁月，含着天涯。母亲说：你有空儿到台东去看看，那里有家织布厂，从台东往左拐，再往左拐，见到一座老房子后，再往右拐——母亲的语气软得像一段丝绸。

我家衣柜里真有一段丝绸。母亲那时在一家日本织布厂做女工，那个工厂向日本出口一种很好的料子叫"天湘绢"。我家衣柜里有很多旧衣服，散发着复杂的气味，只有那段丝绸像一位未出阁的闺秀，凉爽、绵软，亲切的如一句亲人的问候。我能想象母亲以及和自己同样大的女孩一起离开故乡时那种惊喜、迷茫和伤感。在她的花季岁月，她无暇体味自己的青春梦想，那家早已消失的纺织厂留下了她的少女倩影。那些年，她用更多的时间面对那些来往穿梭的纺槌，在棉线与机器之间，美丽的母亲没有想到她会与岛城失之交臂，然后是回到故乡成婚育子。

我多次沿着那些起伏的街道寻找母亲走过的旧迹。有一次，我在台东遇见一位老人，我问他那家纺织厂的位置，他说：纺织厂？我说那里有一家电影院，老人说电影院在哪？我说在一个邮局旁边，他说邮局在哪？我说在一个汽车站旁边，老人说汽车站在哪？我说在台东，他说台东在哪？——老人像一部陈旧的织布机，抽不出一丝清晰的记忆。我与母亲在不同的时空站立在同一个地点，却已是物是人非，那一刻我能感到自己血液的涌动。只是关于那段丝绸的来历我从未问及，母亲也未曾说起。

父亲曾在云南路　带给日本人做工，那是一段关于殖民的记忆。那些年,在这座移民的城市,我的父母亲如同路人。也许他们曾经同时爬上那辆开往青岛的火车;或者在一个茶馆擦肩而过;或者在不同的时间用过同一双筷子。但在那段漂泊的日子,他们都不认识对方,而是在回到故乡后才有人提亲成婚。在新婚的洞房里,他们一定会惊讶地问道:啊,原来你也在那里呆过?——之后是久久的沉默。

有一年春天,贮水山上的槐花开了,一簇簇白得耀眼,白得伤感。那可是与故乡一样令人眩晕的白槐花呵。这个时刻应该是蜜蜂乱撞的季节。每年春天,母亲总是提着篮子和竹竿,到故乡河边的槐树林里采槐花,她黝黑的头发一直垂到腰际,她总是用伤感的方言说着:槐花开了,槐花开了——到了夏天,蝴蝶一样的在天空叠飞,但秋天呢?秋天的城市是没有苇花的,那些从脚下一直白到天边的苇花呵。

透过时间的栅栏,我依稀看见父母背着破旧的衣物依恋地离开岛城的背影,带着失落和感伤。他们是城市的寻梦者,也是家族的失败者。送别他们的马车又一次将他们接了回去,故乡再一次接纳了他们。我手边有一件青花瓷瓶,是祖父留下的,它伴随我从老家到青岛已有二十年之久。洁白的胎面上有淡淡的青花细纹,像一位风清月白的少女。上面留有父亲、母亲以及其他亲人的手纹和体温。随着年月的流逝,这种体温在慢慢消退。家族真的像一条幻觉的河流,当我想逆流而上时,却感觉时光的遥远、情感的迷离。我只有通过想象去弥补家族成员沉浮过程中某些隐秘的细节。

我在大连路住时,有位80多岁的邻居,他是最早的岛城移民,住在一间不足5平方米的陋室里,老人苍老弯曲的身影一直在我眼前晃动。他的儿子在外地有不错的经济来源和房子,老人却始终不愿离开那间老房子。我曾多次试图探知其中的奥秘,他总是欲言又止。那年春节,街上已是焰火满天,老人早早把门关上了,他已习惯了孤独。我在门外敲了半个小时,只想送上一句问候,他开门后早已是满脸泪光。

这座城市有说不尽的恩怨情仇,它已被岁月诉说并将继续诉说着。从父亲、母亲到那位老人以及路上人们复杂的眼神。这里的每座建筑、

雕花的铁门、粗砺的石头；夏天灼热的阳光与涛声穿过玻璃；时而平静时而狂暴的大海；沙滩裸露的皮肤与被海水浸透的木船；以及电车划过夜空时尖锐的呼啸和窗外起伏的叫卖声，它们像岁月的沙砾从我手指间滑落，在落日的余晖里。来自故乡平原上的风，带着庄稼的气息与海风不断吹拂着我，只是故乡的风已渐渐成为一股弱气流，而海风以入侵的姿态更加有力地吹拂着我。我的语言已带有海蛎子的咸味，家园遥如一堆秋天的草垛，在梦中浮动着。而岛城对母亲来说则是一艘沉没的船，渐渐风平浪静。这种换位在不经意间完成，时间隔了40余年。

父亲的梦、母亲的梦，连同我们年轻的梦构成了这座城市的斑斓多姿，构成了城市前卫与守旧、狭隘又宽阔的城市气质。一条路、一座建筑、一片天空、一条船、一阵汽笛都有说不尽的沧桑。

怀想家族迁徙的沉浮经历时，我总是把窗帘垂下，让声音静下来。那一刻有种刻骨的东西，像一把刀子从心中划过，带着灼人的光焰。

有一次，我隔着樱花大道在海上观望落日。一个人，独自一个人，刹那间的感动让我震撼好久。为了生活，更确切地说为了生存，我们离开故土，在不属于自己的城市留下疲惫的身影。而当孩子们回首往事时，他们是否会用另一种语言说出关于这座城市的故事。

关于漂泊和过去，关于未来和梦想。

刊于2003年第5期《中国铁路文学》

开往城市的火车

一辆火车动画一样从远处驶过。

那是一条由德国人修的铁路，也是中国最早的火车：黝黑、庞大，像一只吐着水汽的巨兽。沉闷的钝响带着钢铁的意志和寒冷的气息，有节奏的喘息震得土地起伏不定。火车近了，火车吐着白雾"呼呼"地奔来，车轮高过我的童年。火车临近时，司机会故意拉响震耳欲聋的汽笛或喷出一股强大的水汽。瞬间的水汽令猝不及防的我向后退很远才能够站住脚，然后，司机不怀好意地朝我们露出两排黑牙急驶而去。火车开走了，火车留下许多关于远方的悬念——那是一辆开往城市的火车。

父亲曾是中国铁路最早的产业工人。童年时我很少看到父亲，有时一个月或更长时间。他高大、英俊、铁青色的脸上永远没有微笑，身上带着淡淡的烟草味。我小时候只知道父亲在很远的地方上班。每次他都会带回一些新奇的东西：带锡纸的烟盒、饼干、铅笔以及衣服上淡淡的油渍。

父亲有一块闪亮的怀表，铜色的链子从怀里探出，那是一种身份的象征。父亲总是在中午人多时不断掏出怀表，借着阳光眯眼看着，阳光在表壳上反射着耀眼的光芒。祖母常自豪的指着父亲的背影说：烧包。我常在父亲熟睡时慢慢靠近他的衣服，偷偷地将表握在手里，然后贴近耳际。呵，我听到了时间的走动。"咔咔"的金属声如同父亲在某个慵懒的下午皮鞋踏过石板的声音。

渐渐地，怀表的响声被火车的声音代替，表针与车轮重叠着、幻化着——这是时间在童年的交响，也是我最早认识到的时间迷宫：怀表提供了时间的刻度，火车追赶着时间，父亲追赶着火车，如此回环往复。在这里，火车被抽象为一种不可抗拒的象征。黄昏时分，父亲总是匆忙去赶那辆东去的火车。

中年离乡，客居岛城。小城的宁静渐渐被城市的嘈杂声代替。在对城市的理解中，我更喜欢港口城市。斑驳的客轮、暖暖的汽笛、从窗子即可望见的宽阔水面上低飞的水鸟。不停来去的船只与火车，使情感添了些离愁、牵动与怀念，在本土文化中渗透着异国气息。很早去上海时曾坐过一次客轮，傍晚从青岛出发。那时才懂得什么叫沧海茫茫，什么叫孤旅无涯。在落日即将没入海面时，大海被夕阳染成火红的颜色，突然感觉生命的悲壮与美丽，那个意像一直留在心里，成为一种图腾。

现在，那个送走父亲也送走我的小火车站已经废弃，成为一个遥远的景象，像一部黑白片里的画面，那里曾反复播放过两个不同的身

影——父亲和我。如果再配上怀旧的音乐将会让人感伤。如今我已无法回首那个童年的车站，火车逐渐改变了我对家的感觉。时间真的很残酷，父亲已经老了，像一个废旧的车轮。说起自己早年的时候，父亲时常被燃尽的烟蒂烧痛指头，他的眼里泪光闪闪。

我常坐着开往城市的火车，往来于岛城与一个小城之间。在某段时间和空间里，我坐在火车的某个座位上，那个座位在这段时间属于我，另一段时间属于别人，我是说属于父亲。在不同时空的火车上，我和父亲坐在不同的位置，看到了不同的风景，体会了各异的感受。这里有急剧变化的政治风暴，随四季不断更新的自然景物以及不同的家庭背景和生活状态。它在改变世界的同时也在改变着我们。

我常想，一定还有另一辆火车在记忆的轨道上不停地奔驰，穿过北国广袤的田野和瓦蓝的夜空，像梦一样。父亲就站在秋天的白杨树下向我挥手告别，然后身影渐渐远了。

那辆蒸汽机车正从经济学词典中驶出，它使我的目光模糊。车轮的声音持续不断。很多个傍晚，我独自坐在贮水山的岩石上，望着夜色中的城市，心里不禁茫然：我的家在哪里？火车要开往什么地方？哪里才是人类的故乡？这时，山上起风了，风往北吹着。我想起美国前总统候选人布坎南的一句话：让世界停下来，我要下车。

刊于2003年第5期《中国铁路文学》

纪念三姑

三姑是我们家族的另类。她叛逆、抗争，在那场政治风暴中经历了激荡、迷茫、失落、漂泊的人生之路，最后归于平静。

三姑是我们家族的美人，这在老家是人所共知的。我看过三姑年轻时的照片：照片中的女人穿着流行于三十年代的对襟上衣，细细的碎花衬着一张山清水秀的脸，严谨而略含懒散的眼神里流露出凝视、怀疑的火焰,与淡黄的背景形成对照。那是我见到三姑唯一的照片,她的那双美目穿过几十年的风雨向我投来,有一种惊艳的美丽。

20世纪40年代末的一个秋天,一辆马车载着三姑穿过老家那片著名的桃林,在故乡的河岸溅起久久的水花——我们张家的三姑娘出嫁了。三姑嫁给了当时一位青岛的火车司机。关于那段经历我的记忆非常模糊,我只听说三姑当时就住在云南路一带,她离开青岛是后来的事。

三姑离开岛城时心里黯淡极了,她美丽的背影对着大海,泪水随着脸颊流了下来。那应该是一个有风的秋天,她和姑父坐上西去的火车,站台上没有亲人为她们送行。在黝黑的车厢里,她望着岛城的落日,视线逐渐模糊。在火车驰过故乡时,她有一种撕心裂肺的感觉,这是后来三姑告诉我的。岛城岁月应是她的花样年华,而西迁则是她生命的一声暮鼓。在那场政治风暴中,我依稀看到三姑一家像随风飞翔的寒鸦,作着低飞的姿态。

那些年,我们家总被一些愁事缠绕着,解不开,越理越乱。黑夜里祖母在屋里咳嗽不断,有时听到祖母拍墙的声音穿过黑夜的故乡。不知为什么祖母总是拍墙,她和祖父经常一天里面相对,不说一句话,像两棵陈年木桩。三姑走后,祖母的病越来越重。那时老家没有电话,一封信要在路上走很多天,三姑每年有几次来信。祖父祖母总在昏暗的油灯下听我读信——那是关于三姑几千公里之外唯一的音信。我记忆中第一次出现那个陌生的地址——兰州。祖父祖母的表情经常随信中的内容和情绪起伏变化,但大部分时间是静默的。那些年我常到十几里外的县城给三姑发信。

有一年春节,三姑回来了,带着她的一群儿子:长子跟第、次子小顺、三子小军、四子小建、后边还有两个儿子,可能起名有困难,干脆叫小五、小六。六个男孩整齐地站在老家的院子里,一律眉清目秀。三姑依次叫着六个儿子的乳名,像一个女将军。三姑命令他们"叫姥爷、叫姥姥,这是舅舅,这是妗子(舅母)……呵",三姑的笑意写在脸上。

三姑有一副银质的手镯,月亮一样洁白地绕在她的手腕上,高贵、

华丽中带有一种阴性的美。我不知这副手镯要多少钱,只知道很贵,当时很少人能戴得起。她帮祖母干活时要摘下手镯,搁在木桌上。手镯与木桌碰撞时发出隐隐的响声,像月光落在草丛的声音,轻柔、迅速,但我听到了。那是我童年见到的最贵重的东西。

三姑从兰州带回来一些新奇的东西:崭新的呢子布料、镂花的银器、烟土和一本羊皮纸《古兰经》。我清楚地记得,正是那匹呢子布料引发了我们家族之间一场旷日持久的争吵,而那件真正的宝物——羊皮纸《古兰经》不知被谁当作柴火烧掉了。三姑和她的儿子们回来时,给我的童年带来了很多欢乐,但是很快归于沉寂。时间长了,母亲的脸上浮起一层阴云,这可是连三姑一共七口人啊。她的六个儿子像六只饿狼,我家的粮缸很快下去一大截。那段时间常听见母亲做饭时把菜板剁得山响。

我在1967年去过三姑家,是随母亲一起去的,那是我唯一一次去兰州。记得火车一直逆着阳光朝西北方向行驶,太阳和月亮在车窗外此起彼伏,一会儿是山一会儿是水,然后是荒凉的沙漠。火车"咣当咣当"地一直响着。

从兰州站到三姑家要坐一段市郊车,车上肮脏不堪、气味难闻,车下不断有人往车窗内扔石头,有一块石头正砸在车窗上,玻璃"哗"地碎了一地。见到三姑后,我迫不及待地要看那个手镯,因为我见她的手上没戴,三姑说早没了,随后又说:换粮食了。我心里暗了一下,没再问别的。

我要回老家了。临走时,三姑问我想要点什么,我说什么都不要。她说给你只贝壳吧。贝壳?兰州哪里来的贝壳?这可是离海几千公里的大西北啊。三姑家里真有一只贝壳,就放在窗上,那是三姑离开青岛时带来的。这只贝壳在兰州已经几十年了,一副风蚀雨侵的样子。当时的三姑年轻美丽,现在却是一脸沧桑,岁月像螺纹一样在她心里留下深深的刻痕。

最早听父亲说起三姑一家西迁的原因时,父亲还躲躲闪闪,后来知道姑父在日伪时期有为日本人开火车的经历，有人说姑父有特务的嫌疑。现在知道那只是诬陷，姑父全因别人的一句话而陷入政治风雨。如今提到那段经历时，姑父说：那些事谁能说清，都过去了。那段改变了三姑命运的历史就这样在一个家族中尘埃落定，但她内心的风暴我永远无法涉及。

三姑晚年是在孤独和乡愁中度过的。她常断断续续地说起海上的一条船、一栋年久失修的日本房子、一条街道的名字和一些陌生的人名。我曾多次试图找到有关姑父在日伪时期的资料，几番周折总是毫无结果。有些事情永远无法说清，它们已被时间埋在地下，而地面依旧阳光灿烂、安详。

祖父去世时，三姑没有赶回来。等三姑接到祖父病故的电报再赶回老家时，祖父已入葬七天。她在祖父坟上哭得昏天黑地，三姑近半个世纪的郁闷就这样哭了出来。

我在青岛有过几次搬家的经历，每次都要扔掉一些杂物，但有些东西一直跟随着我：一只祖传的木钟、几件青花瓷器、一批精美的书籍，还有一件东西，就是那只贝壳。有一次，儿子说把它扔掉吧，一只破贝壳，我说：别，留着吧。

我前年路过兰州时想去看看多年不见面的三姑。当我几经辗转来到三姑家时，得到的消息让我愕然：老人已于两个月前离开人间。我久久无语。我的眼里满含泪水。

三姑，侄儿谨以此文作为祭奠你的铭文。愿你的灵魂在遥远的西北找到安息之地。

刊于2003年第5期《中国铁路文学》

海滨的市郊车

那是一辆沿海滨穿行的火车。那是一段夏天的经历。在中国东部一

个海滨城市,碧蓝的海水汹涌不止。

我们坐的这种车叫"市郊车",大约有5、6节车厢组成。窗口处有两排坐椅,十分简陋。每天早晨,这辆由蓝村始发的火车都会冒着黑烟,像老朋友一样,准时在四方站等待我们这些上班族,然后慢慢启动。

火车在城市穿行,两边的高楼一闪而过。枕木的气味、钢铁的声音、颤动的车厢,空气中永远弥漫着油腻的气味……海的反光、高楼的尖顶、甲壳虫一样的汽车慢慢从窗外划过,形成一幅大工业的流动画面。汽笛声像一个低缓的男中音,与附近海浪的声音混合一起,浑厚、深沉。苍白的太阳在高楼的缝隙中时隐时现,像人们摇荡不定的心情。

市郊车不同于一般的旅客列车,乘客基本是固定的,除了沿线职工,也有蓝村、城阳一带进城打工或做生意的农民。他们带着自己的鸡、鸭、鱼、肉等农副产品,在车厢里席地而坐,悠然地甩着扑克、叼着香烟。每天,他们也与我们一起赶着火车的节奏,日复一日地向城市进发。

对于忙碌的上班族来说,赶车是一项重要内容。我每天早晨需7点准时动身,如果出门忘了带什么东西,那最好不带了或者放弃赶车。早晨,大街上夺路而过的人群都是我的同类,许多人似乎来不及装点打扮。有时刚到站台火车就开了,跑步而来的身影还在追着列车疾行。偶尔在车上也能看见长得很靓的女子,那尚未描完的眉毛和被火车踏板扭掉的鞋跟,着实让人忍俊不禁。"火车"在这里被抽象为某种不可违抗的东西。

一只鸟飞进车厢。车速很慢,模糊的窗口时常会有飞鸟误入车厢。这是一只迷路的小鸟。鸟知道自己进入了危险境地,惊恐地在车窗附近撞来撞去。它弱小的身子无数次被玻璃弹了回来,然后无奈地落到我的身边。我一直记得它惊恐的眼神,那种眼神来自鸟不安的内心。我打开窗,窗外气流很大,风吹皱了它浅色的羽毛,鸟的身体颤抖了一下。望着在天空渐渐飞逝的鸟,忽然想到自由和生命的关系。

车厢里是永远平淡无语的面孔,偶有妙龄少年笑闹几声。多半乘客只需到达自己的车站,然后默默无语地走出车厢。最后一节车厢暗淡的光影下，始终有一位淡雅的姑娘。她总在终点前一站下车。车厢很静，时而传来车轮与钢轨摩擦时发出的"咯噔咯噔"的声音。总是相同的时间，总是同一节车厢。时间久了，我们总是用眼睛互相问候对方。下车前，她总是对我们嫣然一笑，然后迅速消逝在下车的人流中。

她喜欢穿一件米色的连衣裙，如同一束淡雅的米色花，在夏天悠长的走廊里。后来很长时间没有见到她。直到秋天的一个傍晚，她突然出现在那节车厢。她是特意来告诉我：她要去法国了。那天下车后，她犹豫着回过头来，目不转睛目送火车渐渐离开那个车站。我想问她的名字，但火车已经开出很远……这时忽然想起，也许自己应该在那一站下车。但机缘就像那辆开远的火车，再没有回到原来的车站。

那些日子里，我常在心里默念芬兰诗人索德格郎的几句诗：

一只被捕的鸟儿栖息在金笼里，

在蓝色海边的一座金色城堡里。

凋谢的玫瑰许诺愉快和幸福。

以后的时间里我常想：在另一个城市的"市郊车"上，是否会有另一个男人放走了同样误入车厢的小鸟。他的掌心是否和我一样留下了鸟弱小身体的余温。是否会有另一个男人在最后一节车厢里，同样遇到一位穿米色连衣裙的淡雅姑娘，那里同样阳光直射或大雪纷飞。或者我们在不同的城市放走的是同一只的鸟，遇到的是同一位穿米色连衣裙的姑娘。而在遥远的法国，那个姑娘一定会在暗蓝的夜里，遥想有一个夏天，在最后一节车厢里遇到一位表情缄默的诗人。

坐火车上班也能遇到一些意想不到的事。一次，火车紧急制动，内行的人知道外面出事了。那一次我是带着儿子回家，打开车窗一看：一个人被车体分成两截，其中一部分还在几十米外蠕动……生命就是如此脆弱。我不禁想起著名青年诗人海子也是最后时刻与铁轨相遇的，心中不免悲凉起来。为了不让孩子过早知道这些，我赶紧关上车窗，并告诉孩子：外面什么事也没发生。

其实窗外有些事情正在发生。记得前些年，列车一过沧口，窗外就是大海。夏天的时候海水正蓝。湛蓝的海水在阳光下泛着金色的光斑，让人不免有种眩晕的感觉。一层层的海浪野牛一样追逐着，从天边铺展过来，那种壮观场面与大自然的暄响在心里久久回响着。现在，那片大海已被一片新崛起的厂房掩盖了。一次，坐车遇上一群初来青岛的外地人，他们在车上远望大海，乐得"哇哇"直叫。而我却想告诉他们：早些时候车窗下面就是大海，风大时浪花真的可以飞越车窗，直扑人们脸面。

那是一段似水流年的日子，如一段老歌回放，在缄默的唇边，在岁月的彼岸，在阳光直射的海滨，在永远无法返程的站台上。

市郊车来了，市郊车去了。日子如同回环往复的车厢，时而重载而去，时而空驶而归，或是载满风雨甚至黄昏月色。秋天一过，冬天很快到了。

整个冬天都在下雪，往来于外省的飞机，

正从天空飞过，我想告诉朋友，

那个女孩的地址始终没有找到。

现在，那辆"市郊车"就停在那个熟悉的站台上。它是属于那个夏天的。每次望着那辆"市郊车"从城市的楼房和稀疏的树木间掠过，我总是要多看几眼，它比以前更苍老了，斑驳的车厢有岁月划过的痕迹。

刊于2005年10月5日《青岛日报》

流年似水

早晨是从塔楼的钟声开始的。每天，质地厚重的金属声穿过海雾蒙蒙的岛城，准时把我从梦中叫醒。我住的那个城区叫"四方"，是岛城与内陆的结合部，也是中国产业工人集中的一个区域：铁路与港口在这里汇集、交错，货轮柔和的汽笛和火车的尖叫声此起彼伏。这种场景容易让人产生上世纪三、四十年代的联想：一个时光久远的车站；戴大檐帽的地下工作者神秘的眼神迅速闪过；黯淡的光线、废弃的车厢。

那里确实停放着不知什么年代废弃的车厢，黝黑的车体让人想起时间在这里突然停止了。我每天准时从四方站乘"市郊车"穿越后海一带，到达位于前海一座古旧的德国建筑上班。早晨出门前浇灭炉火，反复推那扇命运的门，然后下楼，三步并两步地走过一个陡坡，黑客一样闪过一条马路之后，对面就是一个车站。有时很远就可以听见那个钢铁巨兽"呼呼"的喘息声。

早晨烟雾蒙蒙，楼房和车站在海雾笼罩下时隐时现。四方车辆制造厂下夜班的工人疲倦的脸上还留有淡淡夜色。他们身上有股油腻和烟草的气息。想起夜里从海岸路一带传来的机器轰鸣声必定是他们制造的。他们有一双有力的手掌和粗大的骨节。我曾在一首诗中写过他们：

去海边要经过一家工厂，

劳动的人群穿越其中，

机器声含混不清。

机器将他们带入另一空间。

望着那些被机器弄得疲倦不堪的面孔，忽然感到自己也和他们一样的疲倦。这种心态何时而生？不知道，就像不知道那辆夜行货车何时停在中年的站台。只知道过去已不属于自己。属于自己的只是繁杂的世界、机械的生活、剪不断理还乱的人际关系。那辆回环往复的列车是我生活的断面，它们被一种叫命运的东西编解着。

人到中年犹如涉过一道宽宽的河流，回头望时，对岸的人影与景象早已模糊，而涉河的感觉如同流水：艰辛而且疲惫。不知觉间走进中年的队列，生活稳稳落在你的肩头，你别无选择。我们总要顶风冒雨地上班、赶车、赶路；总要小心谨慎地处事；总要挖空心思地赚钱养活老婆孩子……物与人的两面夹击，让你如进入高原缺氧的境地，这时总想找块僻静之处舒畅地喘口气，然后再次深入人群。总有一种在路上的感觉。生活如同从黑夜突然打来的拳头，令你猝不及防，你在躲闪中步步后退，当现实把你逼到墙角时，你已无路可退。在这场与生活的对抗中，人的意志被淹没了。

　　中午我常去看海,无论梦想多么短暂。海上有雾,一些货轮在靠岸,船上载满各种货物。另一些货轮正在远离,它们要驶往另一个港口。有时常常会盯着海面不知在想什么,其实什么也没有想。办公室窗外有一棵银杏树。春天,扇形的叶片从嫩绿到深绿,再到一点点浅黄、深黄,然后不经意间独自落了一地。我知道又一个秋天已经到了,这时才想起树上那只鸟不知道飞到哪里去了。有段时间,我一直在等那只鸟回来,但是鸟再没有回来。它是否已在另一棵树上安家?我不知道。只有内心深处若有若无的一丝怅然若失和隐蔽得连自己都不易察觉的某种反省。

　　傍晚我赶最后的班车回家。电车尖叫着,飞速穿过上帝的废墟和虚幻的灯火。回家路上看到一些老人,他们昼伏夜出,喜欢棋与星相,在生死之间落子。有时老人持棋子的手停在半空久久不肯落下,一旦落下必是掷地有声,很远就能听到他们将棋子在棋盘上甩得卡卡作响。老人的队伍是一盘时常变化的棋局,他们经常移动于这个城市的小区之间,像没有年代的树丛。夏天的时候那个身体刚健的老人还在,秋风吹来时他的位置已被另一个老人代替。一粒棋子被上帝抽走了,再没回到生命的棋局里。

　　在这座城市,我的悸动不安还与某个夏天的一只蝴蝶有关。那是一位穿米色连衣裙的淡雅姑娘,我们在最后的车厢相遇,她后来去法国了,至今我还不知道她的名字。她曾在我的梦里化作一只蝴蝶,跨越遥远的海峡一直飞落在我手上。我告诉她:你飞吧,不要停留,你是属于飞翔的。

　　最喜欢走贮水山上的一条林荫小路。石阶沿山势的坡度向上,一直延伸到记忆的深处——它的对面一定也有与之相对应的斜坡和大致的景物:雕花的铁门、粗砺的石头、曲折的石阶。远处闪着海的反光。夕阳的余晖下站着一个风烛残年的老人。有些灯光刚刚亮起,还未及照亮周围的事物,另一些灯光已经灭了,而且永远灭了。每当看到这样的景物,我只会有种莫名的感动。因为自然。因为岁月。因为许多一去不回的事物。春天,路两旁高大茂密的槐树挂满了雪白的槐花,微风吹过,满山的腹郁香气袭人。夏季雨后，那些茂盛的不知名的草类在脚下漫无边际的铺展着，形成一道绿色的坡度，一直向上蔓延到山顶。野花随处开放，忽然有了自己身体开放成花朵的幻觉。秋天是美妙的，天空高远，偶有乳白色的云朵，仿若寄身于高邈开阔的天空中，一些枯枝败叶浮在路面上，静寂而萧条，让我得以在现实中归于恬淡。

经常会想起一个人——那是上世纪的一段情景。那时我们在一个偏远的小站，那儿只有远远近近的鸟声和翠绿的灌木以及永远沉默的枕木。不远是一条河流，秋天的河水漫上堤岸，他常在那里独对落日，独对很多关于生命的无奈。后来，他要走了，我去送他时，他的表情沉默得像一座冰山。他真的去了西部，我一直珍藏着他的照片，那是一个典型的西部汉子在落日草原上的剪影。他说他活得很好，可以无所顾忌地大哭、大笑、大喜、大悲，我知道这是一种境界，可望而不可即。在这座城市，我时常想起他，想起敕勒川、阴山下，大河东去、草原绵绵；想起他的羊群、白马、牧羊狗和他的藏族老婆。

我会选择秋天的周末去乡间散步。在那里我和朋友们用往事温酒，朋友的车会把我的生命带到极限、带到无人的幻境。秋天是我的假日。秋天是我灵魂的唯一居所。我曾在一个黄昏的旷野上独行，无际的荒野开满了无名的花，地平线柔和地延伸着，一种自然的气息馥郁着我。在这里很容易想起古人和贤者；想起英雄与美人；想起人应不断地返回内心；想起生命究竟应该是一朵花还是一把剑。

这个城市很多事情让我难忘：比如突如而至的一场大雪覆盖了楼顶和街道；一位失踪多年的亲人突然敲开你的房门，双手黝黑，满脸泪光；而另一个朋友在探险途中遭遇雪崩。听到这样的消息我总是默默无言，然后双手合十。20世纪最后一天，岛城的海水异常灿烂，异常妖冶，异常鬼魅，异常平静。一个新的世纪在向我们靠近，我能听到它急促的喘息———一段新的时间要进入我们的生活。我屏着呼吸，我挤入人群。胶州路、中山路一直到栈桥一带人头攒动。上世纪100年的时间里，有三个场景让我警醒："二战""文革"和世纪末的这一天。

是上苍的召唤让我们在这个时刻不约而至？是上苍的意志让我们聚散又分离？上苍是否在高处看到人群中那些平凡而神圣的面孔？

刊于2006年3月6日《青岛日报》

海水正蓝

琴岛是个很美的名字，夜晚在灯光的映照下一派东方意蕴。最早听说"琴岛"曾以为是南方景致。这里的海岸线也是中国最美的，蓝蓝的海风，温暖的汽笛，随地势而建的欧式房子起伏于山势之上，隐现于雾气之中，典雅到一种极致，极具梦幻色彩。

五月的时候，路边的樱花开了，在大海的背景下。作为外来植物，樱花已成为岛城的一部分，浓烈、深情，如同穿和服的东洋女子软软地告诉你：春天到了。

海和樱花是这个城市的不同主题，我看樱花会故意忘掉它的殖民色彩，有时想，这么漂亮的植物怎么会生在日本。后来读美国文化人类学家本尼迪克特的著作《菊花与刀》，知道日本文化中除去偏执的武士道精神之外，还是一个非常爱美的民族。

很早时每年要坐几百公里火车来看海，火车"哐当哐当"地晃上几个小时，那时的海在我心里真是一个梦。我会独自一个人在岩石上默读海涅的诗句：

暮色朦胧地走近，

潮水变得更狂暴，

我在岸边观看，

波浪雪白的舞蹈。

那个夏天海水正蓝。多年以后一直记得当时看海的感受。现在不同了，海除去博大、深沉和神秘之外，还有说不清的感觉。

海是什么？我至今不敢轻易说热爱大海。作为一种自然景观，海在我心中大约经过了美丽、险恶、平静这样几个阶段,记录了我的成长过程,也记载了逐渐融入这座城市的复杂经历。有段时间,我反复走同一条路,看同一片海,推同一扇门。

一次在海上游泳。从浅水游入近海,身边游泳的人渐渐少了,海蓝得使人空虚。突然感到一种恐怖袭来,这种心理转换是在瞬间完成的,只好放弃了继续往前游的想法。我再次问自己,海是什么?现在,每天都要乘车从海边经过,却感觉海离自己远了,我看见的已不是少年时期的海。

窗外有几株银杏树,注意到它们是在一个秋天。那次猛然抬头,泛黄的叶子金箔一样挂在湛蓝的空中,心里突然涌动着一种东西,却说不出来。冬天很快就到了,时光在流逝。我能听到时间像落叶"刷刷"地响着,让人不得不加快脚步。回家的路上我留意到,贮水山上的木栅栏有一块已经裂开了。

有关时光的概念我曾在一个孩子身上获得过。在我家附近的街道上,一个阳光一样的儿童在转眼间成长为一个少年。有一年,父亲因为他考试成绩不好沉重地打了他一个耳光,他气愤地跑出家门后一夜未归。现在这个男孩已经长大,他就是我的儿子。那一次我通宵未眠,我在灯光渐渐熄灭的街头等了很久。那一夜我家的门是开着的,我在静听每阵由远而近、又由近而远的脚步,仔细分辨哪一阵脚步是儿子的。直至次日清晨,儿子回来了,我的怒气已化为歉疚,我知道自己不该出手,我告诉他:没事了,回来就好了。那件事好像没有发生过。

在这座城市,一个父亲和一个儿子共同度过了不同感受的夜晚。我相信儿子不会记恨那记耳光,因为回忆起父亲打在我脸上的耳光时是多么亲切。

那年海雾来得特别早,海牛的声音从海上远远地传来,带着古老神秘的信息。它告诫人们,有雾的时候,船要睁大眼睛。曾经有一艘船,早晨从港口出发,这艘船却没有按时抵达另一个港口,这就是前些年的渤海沉船。那次,一位朋友因堵车而躲过那场海难,听到这个消息我久久无语。说什么呢,一切都是命定的,但我心中垒满沉船的碎片。生活中有

许多事件与沉船相似，由此我渐渐学会了平静地接受一切。

曾经在前海附近的沙滩上看到过一艘船和一个老人。退潮了，海在远处喧响着，没有人注意他们，那艘船和老人却紧紧抓住了我，让我久久不能离去。我从老人冷漠的眼神里看见曾经的火焰和光芒，那是一双穿过时光、穿过大海、穿过苦难，同时拥有过一切的眼睛。"谁谓河广，一苇杭之"。我们的先人制造了船，给予它生命和灵魂，赋予它人类的愿望，让它穿越风雨和波浪，这就是船对生命的诠释。

我无法把这些告诉身边的儿子，他还小，他现在只需知道海是蓝的，世界很美好就足够了。那些沉船的故事、那些波浪和险滩必须他自己以后领悟。当他成人后，我会让他读《老人和海》，让火苗映红他成熟的脸和宽阔的肩膀。

一次我和儿子在大雨中奔跑，就沿着栈桥沙滩跑，我故意把伞扔到远处，只想让儿子体会一下风雨是什么。我对摔倒的儿子说：站起来，不要停下，不要回头，要坚持，坚持是一生最重要的。

那场雨一直在我记忆中下着，在海边、在路上、在城市的每个角落"噼噼啪啪"地响着。雨能唤醒人类奔跑的欲望和勇气。

海为我们带来了什么？

那些让我们激荡、疲倦和永远怀恋的夏天、那些漂浮在蔚蓝海面的岛屿、岸边的坐椅、疲倦的旅人、沙滩的脚印以及外地人惊异的眼神、夜晚掩映在树影中的路灯，有月光的傍晚和黄昏低语的情侣、太阳伞下爆发的笑声。

这就是青岛，我们没有理由不热爱它，无论成功还是失败。那些红色的粗砺岩石带着原始气息，兀立在大海中沙滩上，那些宽阔平静的海面往来的船舶以及不断传来沉船的消息，都在冥冥中加深了我们对自然的认识，也加深了对生命的热爱。

平静地生活是我在这个城市的选择。日落时分，我会像许多人一样悠闲地抽着烟，在宽阔的沙滩上谈名人轶事，论家长里短，看云起云落，听潮来潮往。

到了老年,我会选择一个小镇,过一种简朴的生活。三两条马路、四五缕炊烟、几片叶子、几声鸟鸣。在那里我会想起曾经有一片海、有一群人、一些伤心或快乐的事。

遥想往事的风清月白,静听生活的空谷足音。

刊于2003年3月6日《青岛日报》

记忆的废墟

"从最初的转动/到一场大雨/中间的机器逐渐减速/从一个女孩到一家工厂/必须经过无数夜晚/齿轮转动/无数齿轮/无数双手模仿一种动作/连续/呆滞/无数工人与重金属一起/构成沉默"。

这是多年前一段关于"工厂"的记忆。

现在,作为计划经济的产物,"工厂"这个词正在从经济学词典中逐渐消失。它们已完成了对国家经济的支持和付出。在商品、流水线、市场交易的作用下,许多工厂已改制成公司或者倒闭,成为记忆中的废墟。

曾经有过一段很短的工厂经历。那是一家小型铸钢厂,生产用于农业机械的配件。厂长是位退伍军人,不太识字,一口胶东口音。他臃肿的身子常在我们眼前晃动。铸钢车间是当时我见到的最高大的厂房,里面装有一个转炉,是一台前苏联的退役设备,也是工厂的核心设备,在三班制工人的操纵下,转炉整日巨兽一样鸣叫着。

铸钢车间每天要出三炉钢,出钢的时候,天车伴随尖利的叫声迅速滑动,好像世界一下涌到我们头顶。粗大的钢链、巨大的轰鸣以及转炉慢慢倾斜的炉身让我们感到一种节奏:打击与摧毁。冶炼好的钢水"哐哐"地响着从炉口缓缓流出,钢花在车间里溅得很远。这是一条钢的溪流——它们带着上百度的热量,可以随时烧透衣服和皮肤。炉前工在夏天穿着厚厚的工装,蒙着被炉烟熏黑的口罩(防止矽肺)和深褐色的眼镜,身上常常大汗不止。为了补充水分,他们每天必须吃几公斤冰块,下

班时,虚脱的身子木偶一样随风飘动。

我是工厂下道工序的一员———一名车床工。在那家工厂,我体会了从一件毛坯到标准部件的全部过程,经历了一个人在工厂机制下的全体感受以及有关劳动的某些含义。高中毕业后,我带着对生活的向往,走进了属于领导阶级的工人阶层。我的第一块上海牌手表就是那时用几个月的工资买的。为了不让人看见,我常把表戴到臂弯处,想知道时间须将衣袖使劲往上捋。那时我的工友大多没有手表,他们对时间很麻木,他们只遵守工厂的铃声。

在工厂,我们像一个个机器配件,穿梭于上下工序之间。这里不需要强制,一切都要符合时间和工艺的要求。时间像一种无形的东西就站在我们身边,它在倒计时地数着"一二三四……"

师傅是个满脸铁锈的工人,就像常在街头看见过的那些退休工人,他们拥有同一表情:厚道、沉默,像过火的铁胚。其实那年他才40多岁。他整天骑一辆破旧的自行车往来于家和工厂之间。那辆自行车有个特点:浑身都响,只有车铃不响。我的徒弟是个女孩,她来自附近的一个乡村,她的笑声令我晕眩。而我的对手是一架机器,我每天用八小时与它对峙,用飞转的速度和它讲话。

在那家钢厂,很多像我徒弟一样的女孩穿着带油污的肥大工装,穿梭于机器之间,她们有时像日光一样明亮。她有时走神,她那只漂亮的右手就是自己走神时被机器吞掉了。我后来见她时,她已是一个孩子的母亲。她一边问我一些寒暄的话题,一边自卑地侧着身子,为了不让我看见她残缺的手臂——那一年她已下岗。

夜班的铃声响了。寂寥的星光下,那么多面孔从黑夜里涌出,让我感到眼前一阵模糊。打工者的身影穿过黑夜,寂静无声,他们很快被机器遮蔽,机器背后是更大的黑夜。我们衣着不整地走向车间和各自的机床,背后传来下班工友疲倦的问候声、工具的碰撞声以及汗渍在夏天特有的气息。我常在夜里找不到自己的鞋子与工装,它们常在其他工友的身上出现。

黑夜里的工厂是另一个空间，仿佛黑夜的一个入口，人们从黑夜的深处赶来，听从着工厂的指令。那段时间，我们常因为上边的一个电话或者一个通知没命的加班。那时我最渴望发生的一件事就是停电。停电时工厂一片黑暗，从强烈的轰鸣声到瞬间的寂静让我感到无名的欢愉。只有这时我们可以毫无顾忌地睡觉，而不去理会时间的概念。夜里工友们疲惫的面孔在黯淡的灯光下晃动，宿舍的门始终开着，困顿的工人习惯地摸到自己床边和衣而睡——他们已没有脱衣睡觉的习惯，很快黑夜里传来如雷的鼾声，此时附近车间的机床响起来了——夜班的工人到岗了。机床很听话，只需要按一下开关按钮，毛坯就会在机床上不停地转动，车刀在坯面上发出金属的嘶叫声。铁屑溅起的火花向四处散落，烫伤随时都会发生。

我每天都要不断重复一个动作，然后按图纸要求，把毛坯加工成方形、圆形、菱形的部件。下班时，那些部件整齐地码放在车间的某个角落，它们在我眼前闪着铁质的青光，冰冷、僵硬。齿轮不停地转动，我的目光常被飞转的齿轮缠绕得疲倦不堪。在速度面前，我已分不清一场大雨与工厂之间的距离。那些年，有一半时间是在黑夜与睡眠中度过的。夜班让我感受了时间的光芒。时间曾令我晕眩。

有一场大雨一直下着。从最初的转动到一场大雨，中间的机器逐渐加速。在北方寂寥的星光下，无数齿轮、无数双手重复一个动作，连续、呆滞，无数工人与机器一样在喧嚣中沉默着。那一年我20岁，在一家工厂，穿着油腻的工装不停地在机器间往返。黢黑的机床、女工忧郁的眼神以及车间不断传出的轰鸣声覆盖了我的记忆。

我就是在那段时间开始了自己的诗歌创作。文学减缓了机器对我的压力，就像工厂旁边那片麦田，黄昏时我常去那里观望落日。后来我在一本旧词典上查到了当时与自己身份相关的字眼：工人阶级——不占有任何生产资料、依靠工资为生的劳动者所形成的阶级，是无产阶级革命的领导阶级，代表着最先进的生产力，它最有远见，大公无私，具有高度的组织性、纪律性和彻底的革命性。

大雨一直贯穿其中,我离开工厂已十年有余。雨中的女工和我的师傅被一种设计固定下来,在一家工厂。齿轮转动。大雨一直下个不停。我离开那家工厂已经很久了。很想去看看我的工友们,看看那台与自己日夜相守的机床,它应该老掉牙了,只是那家工厂早已倒闭。每次从附近经过,心里总有一种复杂的感受。那间高大破败的厂房依然竖在那里,鸟在落日的余晖里翻飞着。不同的是,那里再也没有机器的轰鸣声。现在才意识到那段经历在我生命中的意义和分量,那是一种磨砺中呈现钢性的东西。在时间的脚步和机器轰鸣敲击城市的合奏中,我能分辨出那种由我和工友们的青春演奏的乐章,那是一种生命的声音。它们属于基础的部分,足以令城市有着不可泯灭的记忆。

有一次路过那里,我问传达室看门的师傅,我说工厂的工人到哪里去了,他说都回家了。我说这个工厂还能够开工吗,他说不知道。我说你认识我吗?我曾经在这里呆过。他看了一会儿,摇摇头,然后背过身去。

他的身影废墟一样模糊。

刊于2002年5月6日《青岛日报》

动词:速度

"旋转"这个词有一种特殊的美感。它使我们看到生命与世界的某种动感关系。一个物体在旋转,速度不断加快,直至物体在我们眼前变成一个模糊的影像。与旋转相关的动词大致有:奔跑、滑翔等等——它们之间有一个共同的物理特征:速度。

速度是描述物体运动的快慢和方向的量。

鹿在逃离,它的身后是一只正在追赶的猎豹。猎豹是动物王国的短跑冠军,奔跑是它的本能。猎豹是流线型设计的范例,其小巧的头部具有空气动力学的特点,它不是靠追踪而是闪电一样扑向猎物。在猎豹的家园——广袤的非洲大陆,它用接近每小时70英里的速度狂奔不已。画面中猎豹的身体在收缩,然后迅速拉长,随之我们眼前出现的是一个飞动的影像,迅疾而锐利。当它停下时,猎物发出最后的吼叫,一场袭击就这样完成了。即使这样的速度,猎豹也没有逃脱自己面临的诸多不幸。如今,除去小撒哈拉沙漠的部分地区偶有所见外,猎豹几乎在所有地区绝迹了。猎豹是人类掠夺性开发的最早受害者。一万年前,在冰川时代结束后,人类扫荡了除非洲少数几个地区之外的所有猎豹。在这种大规模的扫荡中,猎豹失去了它们百分之九十的基因品种。

让我们来看另一只豹子:"它的目光被那走不完的铁栏/缠得这般疲倦/什么也不能收留/它好像只有千条的铁栏杆/千条的铁栏后便没有宇宙"(里尔克:《豹——在巴黎植物园》)。失去速度对猎豹意味着失去自由,也即失去了一切,只留下一个美丽的外壳。里尔克与其说在描写关在铁笼中豹子的客观形象,不如说是诗人在表现他所体会到的豹子的命运。

城市露出滴血的声音,转身之际草原成为记忆,奔跑成为遥远的梦想。按但丁《神曲》中的注释,"豹"的人生意义是象征"肉感上的逸乐",而我们只是简单把它理解为通常的动物。但豹的形象一旦进入艺术领域,就会显现出"肉感上的逸乐"的特质,成为优雅高贵的标志。豹天然的斑纹像一团美丽火焰,在许多女性的梦中燃烧,即使在"T"型台镁光灯下的偶尔闪烁也会引来台下一阵阵尖叫。

让乌龟和兔子赛跑本身是不公平竞争。这种荒谬的赛事在人类社会普遍存在:为说明一个道理,让乌龟和兔子充当寓言的主角,导演者就是这样居心叵测。这让我想起另一个比喻:拿鸡蛋往石头上撞。但问题的结果是:乌龟最先达到终点,因为兔子中途睡了。我看这个故事的时候大约十岁左右,当时的疑问至今不忘。因为这样的结果非常残酷,我想对于每个有良知的观看者都有一样的感觉:在我们自己的一生中,谁都可能遇到这样不公平的竞争。比赛开始前我们征求过动物的意见吗?乌龟当然无所谓,因为结果是不言而喻的,只要不输给自己。但兔子就不一样了:凭什么让自己和乌龟比速度?

弹弓是儿童的游戏玩具。随着皮筋的拉长,石头的反弹速度就会增加。这种游戏在孩子心里只是一种天真好奇,没有涉及人性恶的范畴。但随着石子在空中划出的弧线和鸟的坠落,游戏和一个生命同时结束了,留在眼前的是天空纷纷坠落的羽毛和鸟脆弱的鸣叫,玩具迅速演化为一种屠杀工具。从物理角度分析,这个过程只是石子的速度追上了鸟的飞行速度,但游戏在人的成长过程中带来了"恶"的暗示和阴影,至少对于我是这样的。每次看见受伤的鸟,我都会想起一只隐蔽在童年树底下的弹弓。

希区柯克的电影《鸟》以惊悚的手段和画面暗示了鸟对人类的报复。在这里,报复成为物种对人类的一种超自然本能反应,而这种超自然的威力是我们难以估量和逃避的。平静的海面、柔软的沙滩,这么和谐的画面人们怎么也不会想到灾难已经临近。但在印度洋海面,灾难以迅雷不及掩耳之势再次向世界展示了自然的巨大威力。当海浪迅速汇集成一道巨大的水墙并向人们卷来,人类的奔跑是那么缓慢,生命是那么无助。海浪迅速淹没了"人定胜天"的骄妄与自大。

奔跑不只是动物的本能,也是人类的生命形态和心理需求。贫穷是一种状态,如果把富裕与贫穷用速度表示,贫穷是一种慢速。在中国的乡村,到处可以看到"要致富先修路"的标语。从这里可以体会到人们对贫穷的恐惧。贫穷真的是那么恐惧吗?反过来问:物质真的那么诱人吗?如果我们获取财富与自己的劳动价值等速,回答自然是肯定的,"君子爱财,取之有道"。然而我们还看到另一种奔跑的景象:他们致富的速度叫做"鲸吞":张着锐牙的巨口像一个黑洞,仿佛能听到他们吞吸金钱的声音"哗哗"作响,这就是中国贪污犯们的贪婪画像。这些人借"改革"招牌,完成了物质阶段血淋淋的资本积累,要享受这些本该是百姓血汗的金钱,他们必须以暗度陈仓甚至狼狈不堪的形式逃离。这种逃离首先是心理速度的畸形和变态。

我们能够人为地加大或者减低一个物体的运动速度,甚至可以增减枪弹的射速,这只需要在子弹前方放置一个沙箱,子弹穿破沙箱后,其速度就会减低。子弹的速度主要由于枪内的构造和弹药的特性来决定,战争却是由少数暴君意志决定的,他们对世界欲望的恶性膨胀大大超过了平常人的心理速度,这时战争爆发了。人们急速的逃离家园,但是子弹在途中追上了无辜的难民。即使有无数个沙箱也不能减弱战争对人类构成的灾难。

地球旋转的速度是每秒30公里,而光的传播速度是每秒30万公里。实验证明:在一束光线通过的途中放置一个玻璃盘子,这束光传播的速度就会降低,但是,光通过玻璃后又恢复到每秒30万公里的速度。在我们的世界上,许多事物不是人类能够把握的。食草动物在食肉动物面前奔跑;动物在人类面前奔跑;人类在自然灾害面前逃离。螳螂捕蝉,黄雀在后,后面还有一只大花猫。自然界的逻辑就是这么现实而荒谬。

那只年代久远的木钟在光线暗淡的下午不停地摆动,时间以固定的刻度记录着生命的长短,也修改着人们的命运。上世纪90年代的一个下午,木钟精致的齿轮在房间里发出有节奏的响声。某个时刻,它与一家工厂机床的齿轮重叠了。这是一个无比沉闷的下午:下班的工人陆续走出车间,其中一个女工习惯地伸手去关正在旋转的机床,这时齿轮脱落了。高速旋转的齿轮以几百倍于人类的速度向她飞来,死亡在她生命的前一站追上了她。

这是一个被夕阳染红了的黄昏。那个齿轮在我眼前飞速旋转,迅速覆盖了蓝色的天空。

死亡还将以更快的速度追上其他无辜的生命。

刊于2006年7月6日《青岛日报》

词根:黑夜

现代诗歌中有一个词反复出现:黑夜。它带着现代诗人明显的思维痕迹,用平静的表述,加深了诗歌的深度和维度,使原本平庸的事物突

然闪亮。相同语义指向的还有"风暴"等等。

黑夜给了我黑色的眼睛

我用它去寻找光明

现代诗的发难者们在那个特定年代对自身生存环境与民族前景的打量与思考,使他们更早地洞悉自己走过的道路上曾有过的黑暗,而对光明的寻求是人类与生俱来的。在这里,"黑夜"成为广义的隐喻词汇,集中了与正义、善、美、光明等词相对立的全部含义,成为"中国幻象"最基本的成分。我固执地认为,大陆汉诗(包括流亡诗人)代表了华语诗歌的最高水平,其特有的文化底蕴与话语体系的建立构成博大、深邃的诗歌群落,闪烁着东方精神的智性光芒。

黑夜究竟对我们暗示了什么?鸟带着神的谕示从日光中返回,落在悄无声息的树上,用沉默度过夜晚。这些白天歌唱的鸟类在夜间的鸣叫近似哭泣。它们古老的基因密码中,有一组定是躲避黑夜。西方文学用"歌唱"描绘夜莺在夜间的鸣叫,在我看来是一种误读。黑夜改变着一切。同一匹马或鸟在夜里可能已不是它们自己。夜使世界灵魂出窍,狗在狂吠、猫在呓语,我多次听见鸟在夜里惊恐的声音。"整个夜晚漂浮在倒影和反光中/格外黑暗……/为了这一夜/我们的一生将瞎掉。"(欧阳江河)

黑夜不知不觉来到我们身边,但人类难以察觉,它无处不在。布莱的《在芦苇丛里拖游艇》这样写道:"黑夜来到阿希贝的芦苇里/虽然湖面上仍是白天/黑暗渗透了庇阴处的沙子。"其深处的寂静无言,只有细细阅读方能听到。

作为黑夜的补充,月亮的出现带有悲剧色彩。月光给人以想象空间,因为黑暗中的美比美更美。但黑夜太巨大了,以至于诗人对月亮的咏唱听来那么微弱:月亮是一滴泪,挂在乡愁的脸上。

蟋蟀是我童年的所爱。它们在夜间的鸣叫没有减少我的忧伤。一只蟋蟀可以把童年的梦想升到月亮的高度。但对于我,黑夜早根植于内心。"我把蟋蟀草伸向黑夜/为了获得一种声音"。那些年我常坐在夜里,看蟋蟀们不停地跳跃,希望它们离光明近些,但蟋蟀永远跳不出古老的夜晚。

我们只知道,上帝说要有光,就有了光。但是"在人类制造的日光下/既没有梦/也没有黎明"(禽商)。也许我永远无法说清在夜里看到什么,我的指尖、眼睛与心灵。那些黑夜的歌者,在东方的夜空下,始终用屈夫子的表情对着满天星斗不断追问,这个时刻,光明来了。

生命中明亮的部分时常被一些东西挡住,比如建筑、树木、房子,它们在地面留下阴影,那是黑夜在白天的呈现。更阴暗的是心灵的夜色,虽然我们正站在阳光下,但眼睛保留了黑夜的成分。有时它使我们成为精神的盲者。米兰昆德拉在《笑忘录》中写到一位视力存在缺陷的母亲,她常把石头看做是村庄。当庞大的坦克开进捷克时,她请人来帮忙摘梨子。后来人们发现,她把坦克当成梨子。大师关于"视力缺陷者"的安静表述,为我们呈现了一部伟大的现代寓言。

诗歌中的黑夜意识是一把解读现代人心灵的钥匙,借此我们可以推开一扇扇廊门,光逐渐透了进来。无数个秋天,我读着这些锐利的诗句,感觉自己慢慢从夜里升起。我看见了沉睡的大地和人类。

刊于2003年7月6日《人民铁道》报

中辑 内心的旅行

海边：那些建筑如一卷史书

石阶沿斜坡向上，一直延伸到深处——对面也有与之对应的斜坡和大致的景物：雕花的铁门、粗砺的石头、曲折的石阶回廊穿过岁月，两边的花园低音持续。一处处错落有致的欧式建筑起伏于山势之上，隐现于树木之中，散发着淡雅的诗意和浓郁的人文气息。从岸边的沙滩向远处望去，海天相接一片苍茫，海水涨潮了，波浪向岸边涌来，涛声日夜在城市上空久久回荡着。是的，海在远处喧响，用波浪讲述着岛城的记忆：关于历史、关于城市、关于居住在这里的人群，以及拾级而上的台阶、反复踏过的脚印、每片由绿转黄，然后逐渐飘落的叶子。

19世纪末，德国人进入胶州湾。他们按照欧式风格规划建设的港口城市，奠定了青岛的城市格局和建筑风貌的基调。

那时青岛刚刚开埠，海上往来着各色旗帜的战舰与货轮，许多西方人穿过遥远的太平洋、大西洋，带着对东方的好奇来到这里。他们之中有德国人、英格兰人、西班牙人、奥地利人以及美国人和加拿大人；他们的身份暧昧而复杂：有王储、军人、商人、律师、传教士、密探、海盗、水手和妓女；他们带来了西方文化和代表工业成果的物品：《圣经》与上帝的传说；用于航海的罗盘、航海图和古老的帆船运动；发源于意大利的小提琴和西方管弦乐；镶嵌着金属铜边的瑞士钟表、精致的玻璃器皿、香烟与洋火、饼干和糖果。他们还通过火车和轮船运走中国的煤炭、矿产、木材、丝绸等农产品。

20世纪初,客居青岛的德国传教士、汉学家卫礼贤,在他的回忆录《中国心灵》中记述了当时青岛的景象:过去中国黄海边的一个小渔村,现在成了古老的中华帝国最重要人物聚首的地方,其中有不少人安居下来。即使他们已经习惯了新的形势,并在年轻的"中华民国"担任了重要的领导角色,他们还是把青岛作为自己避暑的好去处。在当时的青岛,大臣、将军、总督、各种高级官员、学者和实业界的头面人物汇聚一堂。各种文明的中国生活方式在这片曾经是荒凉海滩的地方相遇,由于这些人的到来,各种各样的文化和科学学说涌现出来。

20世纪30年代初,"一战"刚刚结束,"二战"还没有打响,短暂的和平间隙和得天独厚的地理优势,吸引了大量中外资本投资青岛,以资本为特征的青岛城市建设迅速发展,八大关别墅区即是那时的产物。

八大关初以我国8个关隘命名,八条马路纵横交错,形成一个方圆数里的风景区,故称"八大关"。这些建筑最早于20世纪初,由德国建筑师设计建筑,后由美、俄、日等国建筑师及中国建筑师陆续设计建造,至20世纪40年代基本完成。这里有希腊罗马柱式、欧洲哥特式、意大利巴洛克式、欧洲古堡式以及法国摩登主义等24个国家风格的建筑,形成了300余栋不同建筑风格的别墅建筑群。这些汇聚西欧众多风格的经典建筑,被称为"万国博览建筑群"。

"譬如就建筑上来说,这是最能显示一国的民风与其文化的。深入大海中的石壁码头,平山,开道,由一砖,一木,造成美好坚固德国风的高大楼房",王统照在《青岛素描》里提到的这些建筑,就是青岛沿海一带,从栈桥向东,一直到八大关的欧式洋楼。

八大关像一本散装的史书,飘散着闪光的文化碎片,和着花草树木的清香。走进每幢别墅就像打开一本书,你将被其中的风情和故事感染。八大关别墅除二、三十年代为外国人所建,部分别墅为新中国成立前官僚所拥有,如国民党的重要人物宋子文、孔祥熙、韩复榘、沈鸿烈等均建有私人住宅。蒋介石、宋子文、汪精卫、孔祥熙等政府要员曾来八大关居住休憩。

"花石楼"灰白色的大理石建筑与海的蓝色形成反差,让我想起希腊海边的石头建筑。这座建于1931年的欧洲古堡式建筑为一流亡中国的俄罗斯贵族所建。"花石楼"临海而立:红褐色的礁石在海水里起伏,白帆在海面上像雪白的羽毛轻悠地漂动着,远望可以隐约辨出淡蓝色的山影,那是一些岛屿。传蒋介石曾在这里居住。戴笠多次来青岛,并与当时的红影星星白光在花石楼居住,而戴笠就是与白光幽会后,从青岛乘飞机回南京时撞戴山而死。"公主楼"是一座典型的丹麦建筑,始建于20世纪30年代,建筑外形是由一座高耸的尖塔和不规则的斜顶屋面组成,通体绿色,建筑造型如一位风姿绰约的女子。关于"公主楼"的来历有一段美丽的故事:1929年,一位丹麦王国的王子乘坐"菲欧尼亚"号豪华邮轮来到青岛游览观光,被八大关美丽的海滨风光所吸引。1931年,丹麦王子遂委托丹麦王国住青岛领事馆在海滨购置土地,按照安徒生童话中的意境设计了这座丹麦古典式建筑,准备将其作为礼物送给丹麦公主。由于种种原因,丹麦公主最终没有来青岛,但"公主楼"的名字不胫而走,广为传播。山海关路9号是一幢美国式建筑,别墅原为美国驻青岛领事馆所有,始建于太平洋战争以前,后被日军没收。日本投降后,该楼为美国海军第七舰队司令柯克上将的住宅。柯克回国后,这里成为美国海军西太平洋舰队司令白吉尔上将的宅邸,直到1949年5月青岛解放前夕,白吉尔率美国海军撤出青岛。

八大关是我周末经常光顾的地方。这里花木蔽日,幽静雅致,踏入树木幽深的道路,登上曲折婉转的石阶、回望树木掩映的红色尖顶,如同进入欧洲著名的"托斯卡纳秘境"。

春天的时候,盛开的樱花如一片片灿烂的云霞。闻一多先生在青岛任教时曾写散文《青岛》,其中这样描写青岛的樱花:四月中旬,绮丽的日本樱花开得像天河,十里长的两行樱花,蜿蜒在山道上。你在树下走,一举首只见樱花绣成的云天。樱花落了,地下铺好一条花溪。接着海棠花又点亮了,还有踯躅在山坡下的丁香、红端木,天天在染织这一大张地毯;往山后深林里走去,每天你会寻见一条新路,每一条小路中不知是谁创制的天地。

夏日在这里行走却感觉不出烈日当空的酷热，高大粗壮的法国梧桐用它那挺拔的身躯和宽大的树冠遮挡了酷热的阳光。秋天的八大关到处金灿灿的，银杏、法国梧桐的叶子变成了金黄色，挂在枝上，飘在地上，形成了八大关独有的风景线。与北京香山的秋叶不同，八大关的秋叶没有那种漫山遍野、层林尽染的雄伟和大气，但地上铺着地毯一般厚厚的落叶和树上飘着摇曳着的红叶，有不可多得的油画效果。秋叶落地前在空中飘飘洒洒的瞬间，常勾起人一丝漠然和惆怅。我想起卡尔维诺在一部小说中的描述："如果从银杏树上只有一片枯叶落到草地上，那么望着这片枯叶得到的印象是一片小小的黄色树叶——如果是三片树叶、四片树叶、甚至是五片树叶，情形会大致如此；但是，如果在空中飘落的树叶数目不断增加，它们引起的感觉便会相加，产生一种综合的犹如细雨般的感觉——"

刊于2008年5月6日《人民铁道》报

内心的旅行

一直有一个愿望：简朴的衣着，乘当地土著的马车，游偏远的山野。犹喜欢秋天，有雁声相伴，在秋风中远行。这种想法有点类似堂·吉诃德。

在大地上行走，常感叹上帝造化的神奇：一个老者在路上踽踽独行的身影；一棵独立于森林的树；一只苍鹰远逝的剪影。它们带着山水的灵气和时光的隐喻，它们是属于少数人的，比如文人。它们会在某个时间和你相遇，在某个时间的深处等你，等你认知，与你倾诉，也与你挥别。

旅游是人们拓宽心灵疆土的方式，可以使人的记忆富有层次、充满阳光、回荡着山水清音和疲惫后的快感。中国文化自古以来是英雄西

去,美人东流。英雄伴随着大漠狼烟和萧瑟秋风,美人身边则是鼓乐鸣奏、落花缤纷。孤独的旅者大多逆阳光向西独行,走边关、踏险径,一路留下千卷史书、万卷文章。那时的边关落日很圆,长河很美,雪花更是硕大无比,古诗里常见它们的背影。

我们已处在一个数字化时代或享乐时期。这个时期盛产经济学词汇、网恋和卡通,这个时期红唇飘摇,广告闪亮,这个时代英雄少了。在没有英雄的年代,一个民族的身影将会变得萎缩、平庸,缺少逆风而立的锐气。某年北大学子的雪难在国人心中遭遇巨大的"雪崩"就是一个明证。实际上,人类每次对河流、草原、陌生山峰的超越,都是对内心空间的超越,否则就不会有孔子登泰山而小天下的豪叹。历史像一枚古币,翻过来时已锈迹斑斑,大自然却永远山清水秀。

北方适合探险,适合坐在狗拉的雪橇上看远山飞逝,适合听忧伤的俄罗斯民歌。南方是另一种情境。有一年我在南方过春节,没有北国彻骨的寒冷,是一种细密的清凉。在这种清凉里,木棉花羞羞地开着,是火红的颜色。第一次去那里就喜欢上那个南方小城了。这是没有理由的。整座城市像一座花房,它和岛城一样有着浪花飞溅的海岸、绵长的沙滩、蔚蓝色的夏日。

旅行可以遇到许多你倾心的东西,比如水。水是一种神秘的物质,它可以渗得很深,在你看不到的地方,遇到合适的季节或情景,它会泛出来,让人心生伤感。水从一个词出发,让记忆波光粼粼——我说的是苏州的水。苏州,曾经的繁华与绚丽。园林的静,水的柔,仿佛一段珠矶在手指间滑落,让心中的伤痛来不及躲藏就被它淹没了。苏州的水有不同的凝滞、缠绵,适合洗濯胭脂,研墨作画,有着丝绸一样的情感。不经意间会传来幽咽的箫声和才子佳人的秘语。

今天的旅行已成为一种休闲文化,与快乐同行。它无疑在改变或影响着我们的生活状态,无论香车宝马还是布衣草履。20年前有过一次旅行,回想起来令人晕眩。那完全是一种想"出去"的冲动,是一次青春的流浪,一种人性的释放。在沉寂的大山里倾听来自大地间的声音,凝视起伏的山势、错落的岩石,在令人沉醉的春风里一路奔跑,直到夕阳染红西山,那次旅行一直潜藏于回忆之中。

我更喜欢坐火车旅行。伴随着车轮的节奏,起伏的群山、低缓的河流、天空的飞鸟、地面的人群,都在速度的作用下被赋予一种动感的美,像是雾里看花,水底望月。不言而喻,在今天旅行市场开发过程中,某些古老的建筑正在逐渐消失。代之而起的是崭新的庙宇、新塑的神像。在商品化的包装下,古老的密码和信息丧失了,一切变得纸醉金迷。

艺术史学家马克斯·弗里德兰说:"提到文明,一只鞋子所能传达给我们的信息,和一座大教堂蕴涵的内容一样多"。在历经沧桑的中国版图上,许多废墟已成为一种文化标志,记载着某段时空的光、线、影,如此,历史的背影往往透出一种苍凉的美。古迹重建在某种程度上相当于一种谎言,误导了我们的视线也误导了后人。很难想象,如果古罗马竞技场被重建,宙斯神庙被复制,我们的历史还有什么真实可言。

人与大自然和谐相处是验证民族素质的沉重砝码。150年前,印第安酋长西雅图说:

当最后一个红人从地球上消失,

他的故事将在白人中成为神话,

而这海岸将簇拥着我的族人的魂魄,

你们怎么能够买卖天空,

土地的温柔,羚羊的奔驰?

真正的旅行是灵魂与自然的对话、精神与风景的私语。观天地造化、纳人间精气、壮之体魄、润之脾肺。随自然的引导,深入曲折的寂径,你会发现有些花已经落了,而另一些花正在开放,并向你低语。那应是一个春季或秋天的边缘,雾气上升,露出褐色的岩石,一些干果挂在缄默的树上,晶莹剔透。

在我们生命的旅途上,有一条山路与你的经历相似,路是暗中藏险的路,山是步步设关的山。

文化是永恒的山水,人在那里可以休养生息。所以崇尚陶潜,崇尚

他解甲归田的潇洒,那是一种思想与文化的"旅行",需至高的境界。否则将不会在篱边采菊,更难以在悠然中看到"南山"。

一直想完成一次草原之旅。

选择一个秋高气爽的日子,轻装上路。风吹草低,白云做伴,"嗒嗒"的马蹄踏过之后,牧歌从远处响起。这时候羊群出现了,它们温暖的眼睛与我亲切地对视着。我会给羊群让路,为鸟群祝福,在开阔的草地上忘掉一切。

然后学着鸟的样子,迎着落日,随风飞翔。

刊于2005年8月4日《齐鲁晚报》

火车:时光交错的记忆

火车在我记忆中永远是黑色的。一直记得那个春天:两条钢轨疲倦地延伸着,信号灯像老人昏黄的眼在时光中透着沧桑。一会儿,黄色的信号灯瞬间变成绿色,铁路值班员手中的信号旗在空中上下挥动,远处红白相间的臂板无声地落下——这是火车通过的信号。如果靠近一些,可以听见臂板信号机起落时发出"喀哒喀哒"的声音。火车正在通过一辆年久失修的大铁桥。从远处即可感觉到列车经过时的震颤,汽笛尖锐而粗狂,像夏天的裸石划过皮肤。远处的雾气中有一个车站,我在很多影片中看过类似的车站——那是1899年由德国人修建的一座车站。火车的声音隐隐地从远处传来,土地开始颤抖,随后是一辆黝黑的火车,缓慢、沉重。这是我看到中国最早的火车:高高的烟囱吐着浓烟"呼呼"作响,像一头浮出海面的巨兽,车轮高过我的童年。

火车从昌维平原东去时要经过一条河。很早的时候河上有座木桥,是村民用当地的灌木搭建而成,走上去晃晃悠悠、"吱吱咯咯"地响。后来,那座久年失修的木桥塌掉了,厚重的木板落到水中,被沙土覆盖,这是我在北方唯一见过的一座木桥。从木桥东望就可以看见那座大铁桥,

082

隐隐架在宁静的河面上。火车穿过铁桥"隆隆"地轰鸣着,火车开过来了。它吞吐着天南地北汇集一起又向四面八方奔去的人群,以及工业时代的各种资源:煤炭、木材、矿山、粮食,然后"呼呼"地开走了,留下一个庞大的黑色背影。

父亲是中国铁路最早的产业工人。他回来时要从那个小站下车,经过那座铁桥回家。我经常在桥头等待从远处回家的父亲。有时放学晚了,刚出校门就一路快跑,书包在屁股后面上下翻飞。来到桥下就看见火车吐着白烟,"呼呼"地从铁桥那端飞驰而来,车头伴随铁桥"隆隆"的声音迅速扩大着。

第一次坐火车是被父亲推进车厢的。车厢高高的踏板让我突生一种恐惧,感觉后面一双大手用力往前一推,自己像一片叶子飘进车厢。这时机车方向传来一阵不同于在路面听到的声音——汽笛向周围散去时被车厢和窗玻璃逐渐减弱为一种次声波。两边的树木、房子渐渐向后退去,心里突然有种错觉:不知是火车在前行还是世界在后退?我用力踩响车厢的地板。

在铁路史上,早期的火车叫"马拉车"。最早的火车没有车头,这种火车看上去更像一艘帆船,它不在水上行走,而是借助风力推动沿着铁轨行进。一旦风改变方向,会把乘客带到相反方向甚至回到他们上车的地点。后来出现用马做火车的牵引工具,我看过这些马拉火车的照片,很像一场滑稽的马戏表演。在英国,最早列车的运行是由一位戴绅士礼帽、穿黑大衣、白裤子的铁路员工骑马在前面引导,他用各种手势发出列车运行、缓行或停车的信号,如同现在指挥交通秩序的交警。时间回溯到1790年,世界铁路史上一个足以让人永远铭记的镜头出现在英国——这是人类第一个"站台":一个司炉工在锅炉下面加煤,火在燃烧、水在沸腾,水汽"滋滋"响着并不断向四周荡漾,蒸汽产生的动力推动机车巨大的轮子,火车缓缓前行。这时候真正意义的"火车"出现了——从瓦特发现蒸汽原理,到理查德·特拉维西克创造出第一台蒸汽机车,一辆火车驶出英国国界并逐渐加速,刺眼的光柱和震耳的声音不

断在天空蔓延。

直至上世纪80年代末，火车尾部都有一节特殊的车厢——守车。我有过乘坐这种"守车"的经历，那个傍晚我从一个途中小站上车去往一个县城车站。"守车"里只有一个值乘的运行车长和他用来乘饭的日式铝质饭盒，两排木制的坐椅上摆放着老式手动信号灯和红黄绿三种颜色的信号旗。信号灯和信号旗分别在白天和夜晚使用，通过红黄绿三种颜色显示发车、减速、通过、停车等引导信号。这些"守车"运行车长一般要独自值乘一个白天或一个夜晚——这是属于一个人的火车。傍晚黯淡的光线在火车行进途中时而落在"守车"左壁，时而移到"守车"右壁——那是火车在拐弯。火车时快时慢，处于列车尾部的"守车"在运行途中像船一样左右摆动，感觉整个世界都在晃动，他的铝质饭盒从木椅掉到车厢里左右滚动，发出一阵阵空洞的回响。从那个小站去往县城车站要经过昌潍平原一个很大的"S"型弯道，在那里火车要逐渐减速，这时隐隐可以看清运行车长的脸廓：那是一张日夜与钢铁动物和空寂旅途打交道的脸，仿佛生活的内容已经被岁月抽走，只留下一个时间的废墟。那次经验让我以后在人群中能迅速认出"守车"人冰冷的脸。火车经过"S"型弯道时能从模糊的车窗玻璃看到很远的前方机车射出的光柱，像一架巨大的探照灯迅速掠过稀落的村庄、寂静的田野、一闪而过的河流和灰色的天空，与"守车"黯淡的光线遥遥相对。火车驶过弯道后逐渐加快速度，在接近县城前方的一个小站，火车突然减速，随后在一个寂静的货站停住。我看见他熟练地拿起信号灯从"守车"跳下去，然后沿着路基的石碴一直往前走。在离"守车"不远的路基旁横卧着一个血肉模糊的尸体——这是一个生命的终点。

货车上的许多车厢是棚车，它们有着灰色的外表，像一个冷静的思想家。很多棚车是冷藏车厢，冷藏车厢可以从远方运来水果、蔬菜和肉类。货车装有巨大铁罐的叫油罐车，他们像一排排头戴钢盔卧倒在火车上的士兵，这些油罐车用来从远方运载油类和其他液体。曾有一个农民为了找寻自己远方的亲人，冒险爬上这样的油罐车，火车开动时，瞬间的加速度使敞开的顶盖迅速关闭。很长时间后的一个边陲小站，值班人员在油罐车里发现了一具沾满黝黑原油的尸体。平板货车用来装运农业机械、原木和其他货物，当年建设齐鲁石化的大型装备就是漂洋过海之后从青岛港上岸，通过平板货车运往辛店南部的山区组装的。那是我见到通过铁路运载的最大物体：近百米长的圆形钢结构物体横卧在几节平板货车上，前方有两台蒸汽机车作牵引动力，一路站满了戴红袖章的值勤官兵和铁路工人。火车经过故乡的大铁桥时几乎已经失去速度，巨大的圆型钢结构物体慢慢滑过灰色桥体，机车像是患有哮喘的老人，上气不接下气地发出低缓的喘息，那个下午有被憋死的感觉。火车最后的车体脱离铁桥后开始加速，然后慢慢驶出我的视野。多年后，当火车经过齐鲁石化那片冒着浓烟的厂区时，我总是想起那列装有巨大圆形物体的火车慢慢驶过铁桥的情景。

　　时间在被速度改变着，包括记忆。现在，动车组正划着银光从古老的铁路线飞驰而去，这种外表浅银色的火车新贵集中了现代工业的诸多元素：钢铁、科技、信息等等。速度是人类一直追求的物理定量。从瓦特发现蒸汽原理到1814年发明蒸汽机车；从内燃机车到动车组开行，速度的概念被演绎成飞转的车轮和快速运行的火车，并最终传递到旅客的生命体验中。速度被时间丈量着，也被人类工业革命的过程丈量着。瓦特先生发现的蒸汽原理一直在中国铁路延续着：蒸汽推动轴承，轴承推动巨大的车轮，机车庞大的身躯喷着火焰，附近的景物像被火车惊起的飞鸟迅速退去。记忆中，坐火车时窗外经常会看见有鸟从前面飞过，但现在的动车组车体会把鸟撞死，因为高速行驶的动车组已经超过鸟的飞行速度。

　　前些年，最后一辆蒸汽机车也在我国内蒙古下线，它们已完成了对中国经济的贡献。更早的秋天，我曾去往一个废弃机车存放地：那是胶济铁路与蓝烟铁路的交汇处，秋天的路基旁长满高高的苇草，一排排废弃的蒸汽机车整齐地停放在锈迹斑驳的轨道上，死一般寂静。在这之前他们是属于飞翔的——在时间的轨道上不停地飞翔。

父亲的记忆、我的记忆、许多人的记忆都以自己的方式,铺陈在逝去的时光里。

刊于2010年第7期《青岛文学》

在南方的火车上

如果在历史与现实之间修一条铁路,其中无数个车站已经远去:商朝、晋朝、汉朝、唐朝以及宋、元、明、清直至"中华民国"。如果在地球与宇宙间修一条铁路,我们可以乘坐"宇宙"号火车,拜访到这个世界最大的站长:上帝。我们用时下流行的腐败手段请他吃酒、寻乐,然后与他述说人间的诸多不平。我想上帝一定会面带疑虑:啊?现在世界怎么是这个样子了?但是犹豫之后上帝又说:可怜的人子啊,你们还是回去自己想办法吧,因为"上帝死了"(尼采语)。

我们回不去啊上帝。天堂没有返程的车票。其实人生也没有返程的车票。在漫长的时空走廊里,世间的每个人都是匆匆过客:大到帝王将相,小到草民百姓。

现在的车站如同古代的驿站,是最适合表达人类离别情感的美学场所。古人的别离要比现在风雅多了。春风、秋雨或者淡淡的月色下:一段柳枝、两杯黄酒、三片落叶,那是很能渲染情绪的。难怪那么多有关离别的诗句能吟诵至今:比如"相见时难别亦难,东风无力百花残""君问归期未有期,巴山夜雨涨秋池""劝君更尽一杯酒,西出阳关无故人"诸如此类。现在人的别离寄语俗套、乏味:打个电话、发个短信,全是公共用语:一路顺风、一路平安。就此而论,"月台"的说法比"站台"更适合描绘人类的离别愁绪。"站台"只是一个物理概念。我甚至主观地将那些有违人性的粗暴行为划分为几个不同的"站台":比如"二战"是一个站台、"文革"也是一个站台。

上世纪末的一天,北方的某个站台上,我手持一张淡黄色的车票,去赴自己旅行计划的南方之旅。

"南方"在我的人文地理中是一个深具文化意蕴的车站:风起云涌的吴越之战、姑苏城外的客船、寒山寺里的钟声;琵琶声里的才子佳人、秋风落叶中的帝王将相。"南方"也是一个风情万种的具象:一只荷叶样的乌篷船、一道雾气朦胧的水巷、一团浸透往事的梦影、一幅浸透才子情、美人泪的丝绸,垂在烟花三月的历史空间。

从冰天雪地的北方出发,车轮声从早晨持续到夜里。火车驶出济南后一路向南:徐州、镇江、无锡、苏州,最后是我此行的目的地:上海。

火车在幻觉中飞翔。

在我印象中,上海是有关"南方"概念中的异度空间。上世纪三、四十年代那些冒险者的传说、那些灯红酒绿、十里洋场的丽人梦影、黑社会老大阴郁的眼神以及歌女裙裾间闪现的腐朽美,如一段老歌的回放。时间在这里是一道曲折起伏、光影暗淡的弄堂,偶尔传来几句水汽十足的吴侬语。但上海不是我理解的传统意义的"南方"。

南方如同历史话剧的一个旋转楼梯。一些人转身退场成为往事,另一些人则身着旗袍、红唇飘摇地辗转而来,成为又一个故事的主角。南方对于我真的是一种腐败而充满魅力的存在:苍凉的街市、幽独的林庙、旧日的深院。绿荫如盖、婉约有致、别梦依稀、风韵犹在……

"时空走廊中一个模糊的站名/在某个时刻突然明亮/一辆火车缓缓驶来/它要达到的目的地十分遥远……一张发黄的车票从风中飘落/落在空无一人的站台上"。这首旧作多少记载了自己当时南方之旅内心的忐忑与惶恐。

我一直觉得,火车是最好的旅行工具,这种身躯庞大的"钢铁动物"在用速度缩短了距离之外,更能给人以难得的视觉空间。列车驶过长江之后,奇异的山水景致一路散落在途中:风是湿的、地是绿的。水牛、稻田、黑灰相间的南方民居,与冬天的天空和谐有致,错落相间。这时感觉自己真正进入了南方:

一辆蓝色的客车。

又一辆客车驶来，

南方的人流像

蓝色的草坪正将它覆盖。

在光线的映衬下，南方的自然万物展示了斑斓的风致，呈现了空间的旷远与寂寥。

雨是南方的一个主题。"大雨在南方降落，我的掌心一片潮湿。我的心是一只水鸟，'沙沙'地飞向南方，落在那些无家可归的村庄上"（旧作：《大雨在南方降落》）。或许这样的联想很难与我当年南方之旅的心境和谐对位。世界任何地域的雨都会让我迅速忆及经历中那些超自然的"风暴"。早年的句子真实地记录了我对"雨"的感受：

"一辆火车需要速度记录/一场暴雨需要天空证明/一场灾难从大雨开始/流逝的信念能否在迁徙中返回？……水从一个词出发/让民族的记忆面貌全非"。大雨阻止了正在运行的火车，阻止了花朵开放的消息，但是大雨没有阻止黑夜。大雨践踏城市的指纹清晰可辨：我想起某个夏天，一个少年奔跑的身影被暴雨迅速吞没，他尖利的叫声在上世纪末的下午回旋、寂灭。

那是另一个南方：

火车在一个寂静的货站停住。

谁也不知道这是终点。

岁月已将自己彻底忘记。

——《朱朱·最后一站》

南方是一种腐败而充满魅力的存在：男人暧昧的眼神、女人感性的手指，如夏天的愁绪在哀婉中低诉着，如一段华丽的丝绸从回廊间划过，带着无奈的声响，于流转的时空里平添了许多忧伤。

北方就不同了，北方就像粗砺的山野给人一种空旷感。很早的时候去过陕西，一路黄土，一路裸露的山石，当置身于八百里秦川，那三秦大地浓重的气息让我感到历史的沉重。在秦始皇兵马俑与武则天的无字碑前，仿佛看到历史天空的刀光剑影。北方多征战，南方多琵琶。南北之别不是一条长江水能说清的。

从车上看,南方更像一本散装的史书,在时空之轴上一页页打开,飘散着闪光的文化碎片,和着桂花的清香。你走进一个城市就像打开一本书,你将被其中的风情和故事感染。南方更像一部浪漫主义的激情之作,尽管也有战乱留下的忧伤。

一条河上泊着一只船,河面遥远而宁静——这是一个典型的南方景象。我在设想,此刻是人隐遁于时间背后,还是船凸现在现实之中?然后又是一条河和另一只船。南方的山水树木总是散发着一种落寞与乡愁,淡雅而且悠长。高高的棕榈树间错落着风格典雅的建筑,像是法国作家杜拉斯《情人》中的意境。

人类对自然山水的认知与历史文化的解读是进入一座城市的钥匙,而人进入这座城市的同时,也已和这座城市相融合。就像我曾住过的那家南方旅馆,它曾被我的生命贯穿,永远留在某段时间走廊的一端,与这座城市的光、线、影相叠合。这是人与风景的对话,是人与自然的相互认知。人之所以看到风景的闪光,是源于内心的灰暗,是一种心理的需求。

达夫先生有本集子取名叫《感伤的行旅》,写尽旅途中人生三昧。他说人生苦短,行在其中,或旅或寄,直如白驹过隙。如此,与其一味求速,不如缓步当车,于山穷水尽之时静看花明柳暗,赏心悦意,歌吟且过,则不失为人生之大境界。从过程看,人的一生便是一次漫长的生命旅程。我们从母体中来,在成长中感知,在感知中成长,眼观一路风霜雪月,体会一世恩怨情仇,最终到达生命的终点。

刊于2007年第9期《青岛文学》

火车与车站

1790年是人类第一个"站台"。从瓦特发明蒸汽机,到理查德·特拉

维西克创造出第一台蒸汽机车,一辆火车驶出英国国界并逐渐加速,刺眼的光柱和震耳的声音在天空蔓延,让世界陡生幻觉。

有关火车的印象是这样的:站台透着古旧的气息,钢轨疲倦地延伸着,信号灯十分陈旧,那是一条由德国人修建的铁路。火车开过来了,它吞吐着天南地北汇集一起又向四面八方奔去的人群,以及工业时代的各种资源:煤炭、木材、矿山、粮食。然后"呼呼"地开走了,留下一个庞大的黑色背影。火车给周围带来紊乱和不安:鸟群飞离,动物迁徙,人们急切地说着安慰与思念的话语。火车开走了,大地恢复了原有的平静,不同的是迁徙动物再没有回来。时间被火车切割成许多段落,车站是一个标志,那些黑白相间的站牌记载着时空的变迁。

赶车是这个时代许多人的生活内容。无论城市与乡村,人们行色匆匆地奔向车站——这时火车成为某种权利的象征。我有过多次赶车的经历——当自己手持车票气喘吁吁地赶到车站,那辆火车已开出站台。

庞德对工业时代给人们的影响有过这样的描述:"人群中这些脸庞的隐现;湿漉漉、黑黝黝的树枝上的花瓣"(《在一个地铁站》)。火车在运行,两边的景物随火车的运行不断加速,它们模糊地反射在车窗玻璃上,有西方现代派的遗踪。我常想:如果火车不停地运行,它能否脱离时间的轨道? 如果火车突然停下,那些景物是否会因失去重心而摔倒? 火车的出现改变着人们的思想、行为和生活方式。一支需要几天几夜才能到达的军队因为火车提前到达了,一次重要约会因火车晚点取消了。在某段时间内,人的意志必须听任火车的强力约束——终点以前不能下车。

狭长拥挤的车厢让世界变小了,一个人在这里与另一个人相遇,这个人在对方眼里也随着成为"另一个人"。人们带着不同地域、身份、阶层、目的和生活习惯造成的距离感;小心地探问:你从哪里来?你到哪里去?表情模糊而警醒。在速度的作用下,世界像一团晃动的影像:窗外的风景在飞快地后退,远方缓慢地拉出一个向前伸展的线路,在目不可及的前方,那里有一个落满叶子和人们期待目光的车站。火车是一种长镜头、慢节奏的交通工具,有着无关物理速度的心理感受潜力,时间在这里无限延伸着。

火车在轨道上运行,不能制止人们的思想出轨,因为思想是没有轨道的。思想"出轨"与行为"出轨"是人类不同的精神向度。思想"出轨"是智慧花蕾的层层绽放,有着阳光下的夺目光焰。因为"人是会思想的芦苇","即使听着风声也是美的"。行为"出轨"则是人类月色下的隐语,是肉体与情感的双重燃烧。

作为一种道具,火车常在电影中出现。火车的起点和终点类似一部艺术影片,乘坐者平静地观看着,感受到柔和、渐变的外部光影和心理波澜,期待窗口掠过的时空中会有故事发生和转折。

一辆正在运行的火车可以虚构许多故事。

火车代表了一种民族性格和国家身份。火车在欧洲银幕上似乎停留得更多,因为不停穿越国境的国际铁路提供了更多的戏剧契机,它们经常呼啸着从银幕上驶过,给我们留下许多有关故事发展的悬念。在《东方快车谋杀案》《卡桑德拉大桥》《欧洲特别快车》《爱我就搭火车》等影片中,都有许多情节发生在火车上,影片结局各不相同。《东方快车谋杀案》和《卡桑德拉大桥》充分发掘了火车半封闭的空间特征,为我们提供了谋杀和惊险的场面。《欧洲特别快车》则用火车的车厢凝缩战后欧洲的政治社会困境。《爱我就搭火车》则散漫地在一次"葬礼之旅"中体验微妙的人际情感。

美国是一个善于用汽车和飞机演绎故事的国家。好莱坞影片追求的是动作和速度,二者之间的联系清晰可辨。火车偶尔在美国影片中出现:《火车大劫案》让"西部"这个视觉概念的雏形与观众不期而遇。抢劫钱财的土匪用最为古老的追逐方式挑战着现代速度的权威,这就是骏马追赶火车的画面带给人们最直观的概念冲击。飞驰的火车与狂飙的奔马相得益彰,其刺激程度不亚于当年法国人看到火车驶来就四散而逃的戏剧场面。

在向未来驶进的过程中,火车带来了什么?又带走了什么?曾看过

一本科幻书,上面有一段关于"火车"的描述:在20和21世纪中间的轨道上,有一辆发往"未来"的巨型火车,行驶到"南方"一个无名车站附近,遭遇地球百年不遇的洪水。宽阔的水面上游来一条与火车体积一样长短的巨蛇。巨蛇迅速追上正以每小时500公里运行的火车,扬起高高的水浪将火车推翻。蛇将落水的乘客吮吸后,用火车残骸建起一个以"钢铁王国"命名的废墟。这只是一个关于未来的幻想故事,但它提供给我们的是一个有关人类生存与命运的深刻命题。

你从哪里来?你到哪里去?这句话可以放大为人类对自己起点和终点的反问。自古以来我们就在为求得时间和空间的自由而奋斗着——追求速度,速度可以在一定程度上改变时间和空间。然而过之则适得其反。历史的加速度越来越使我们感到,随着火车的快速运行和经济的迅猛发展,地球在震动,这是后工业时代的负面影响。为了速度,我们一直都在与虚幻的时间赛跑,车站是一个佐证。现在,那个最早使我梦想启程的车站已经废弃,很多次我都想透过车窗再看一眼那个车站,但列车一闪而过,只在眼前模糊成一个遥远的影像,像一段谎言的证词留在一部发黄的词典里。

刊于2007年第9期《青岛文学》

火车:想象的共同体

火车是一种交通工具,也是一种出行符号。钢铁的声音、颤动的车厢、途中变幻的景物使旅程新意不断,意像迭出。我曾经想象作为一辆夜行火车上的乘客,趁着夜色向南方飞翔是多么浪漫和有趣的事情:半夜三更上下火车的人,多少都该有些不平凡的人生际遇,而我是一个旁观者,在匆匆的路途中冷观人间的悲欢离合。

每次远行注定要从车站开始,穿过有风景的站台和记忆,在随季节变化的原野上,到处是起伏的丘陵、岩石、鸟群、牲畜。它们在眼前生动的出现然后迅速消失，要求我们内心给予重新认识。坐在狭长的车厢里，世界变小了，陌生的人群以各自的方式进入视野，他们模糊的表情像岩画的拓片，带着岁月的烟尘。在速度的作用下，人的灵魂只是一团晃动的影像，只有回到土地上，人才能恢复原有的状态。

在去南方的途中，曾经有过一次尴尬的旅程。

火车从南昌出发后，天慢慢黑了下来，车厢里的光线与窗外的灯火相互映照着。广播员的声音传了过来，她提醒我们列车已进入夜间行驶，旅客要看好自己的行李。这时才注意到与我们一同从南昌上车的还有一对男女，在中铺，从"叽里呱啦"的口音中可以确定他们是南方人。带着一种戒备心理，我开始打探对方的目的地，并对其察言观色，借以判断他们的来历和职业。佛书中说：面由心生。这时，同行的好友向我递来一个眼色，我会意地点点头，一些奇怪的念头立刻在脑海浮现出来：人心莫测、月黑风高、美人赠你迷魂药——心情陡然变得阴雨绵绵。

在西方影片里，列车是最容易制造爱情的场所。一位风度翩翩的男士手里拿一份报纸，正读着时，对面坐下一位美艳女士，一段愉快的旅行就此开始了。如果将这一场景"置换"到中国，就变得很像一部侦探电影的片头了。

一场大雨，一辆夜行火车，两对陌生人。他们从不同的背景走来，又向不同的地点走去，中间的过程可以虚构出许多故事。

列车继续在雨中潜行。两个南方人与两个北方人在表面的客套中，都想探明对方的旅行目的。我们四目相视，心态各异，像来自不同洞穴的狐狸，眼神透着复杂与猜疑。为了躲避对方的目光，我打开一本书又迅速合上，再打开复又合上，不知不觉坠入梦中。梦里，依稀走来一些模糊的人影，几只大手同时伸向自己，醒来时，天色已亮。第一个反应就是查看行李，我装作找东西的样子打开手提包，发现里面的东西完好无损。回头看看一夜无眠的同伴也早已满脸疲惫，那两位同行的南方人也是两眼血丝、一脸无奈。

三百年修得同车渡。两个南方人与两位北方人相逢在列车上，本可

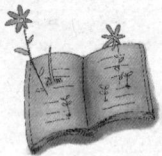

以愉快地谈天说地,却心存戒备地度过一段尴尬的旅程。

尼迪克特·安德森在《想象的共同体》中特别提到两种繁盛于十八世纪的想象方式——小说和报纸——使我们能够"复述"设想出的民族社群。同样,火车也能使封闭的人群拥有一个"想象的共同体"。

经验告诉我们:在这个陌生的时空共同体里,什么事情都可能发生。有一列欧洲的火车行驶在德斯普莱辛的《哨兵》中。在火车穿越德法边境时,年轻的男主人公被莫名其妙地怀疑,行李被秘密检查,然后就在衣物间发现了一个干瘪的人头,身不由己地卷入一起以东欧、西欧冷战为背景的间谍事件。这个有着罗伯·格里耶色彩的故事,时刻都让我对坐火车旅行有着十足的警醒。

车厢是一个适合阅读的场所。车站类似一部小说的开头,两边的城市则是一本不断打开的书,人的心境随南北方向不断变换着,有着上世纪意识流的美感。手里的书或厚或薄,或轻吟浅唱,或深远古奥。从北往南,可以看那些轻巧漂亮的小册子,看香车美人,看时尚图文中跳跃欢快的文字。从南往北,最好浏览那有历史感的厚重东西。因为中国历来是南方出才子佳人,北方出英雄剑客。

许多文学作品中,人物的命运与火车有关。火车常常作为一种背景和氛围出现。费拉基米尔·纳博科夫回忆他乘坐过的帝俄时代的北方快车,形容它们的表面是"优雅的深褐色"。普鲁斯特在他的《追忆似水年华》开卷上写道:尽管时候尚早,主人公马塞尔却已躺上床吹灭蜡烛,开始一生漫长的回忆。这时,他首先听到的便是火车的声音。忽远忽近,宛若鸟儿鸣啭的汽笛声,伴随匆匆的旅人穿过空旷的原野,赶往附近车站。他走过的路将在心中留下难以磨灭的记忆。在清醒与恍惚中,回忆的光影交织着黑暗。房间里是这样静,听得见木器家具纤维开裂时,发出的"咯吱"声。卡尔维诺在《寒冬夜行人》中写过一个车站:一辆火车喷着白烟——车上传来一声长鸣,火车在雨中闪烁着寒光的铁路尽头消失了。这应该是那种老式火车:高高的烟囱,黝黑的机车和昏黄的灯光。

对于帕斯捷尔纳克,1900年夏季的一个早晨,发生在库尔茨克车站和一辆特快列车上的往事,不仅成为不可磨灭的记忆,而且是他艺术和人生路上一个具有深远意义和暗示性的重要事件。站台上,一位年轻男子和一位高个妇女站在车窗外用德语和父亲交谈。帕斯捷尔纳克听出他们此行的目的是到托尔斯泰的家乡,接他的妻子去莫斯科听音乐会。这个讲德语的侃侃而谈的陌生男子,在帕斯捷尔纳克眼里仿佛人群中的一个幻影。一架双套马车从远处轻盈地飘来,接走了陌生男子和妇女。后来,当帕斯捷尔纳克深深迷恋里尔克的诗歌时,才意识到与陌生男子的那次短暂的会面是多么重要的一次偶然的会面。

　　一些看似不起眼的小事,是怎样一步步发展成为我们生命中那些最终具有决定意义的事件的?假如在那个有雾的莫斯科冬天的上午,当走出火车时,安娜没有和渥伦斯基迎面碰上,假如迎面而过的刹那,安娜没有再回头看他一眼,他也没有回头看她,没有从她脸上发觉被压抑着的生气,从她身上感到洋溢着的过剩的青春,一切悲剧,是不是都可能不再发生呢?然而命运的设置如此周详细密,又能往哪里逃呢?何况还有那个凶险可怕的征兆,那个被火车轧成两段的看路工。当安娜把她柔弱的身躯对准两个巨大的轮子间的空隙扑过去,炫目的火光顷刻间昏暗、熄灭了。一切欲挽回结局的假设都将是多么徒劳,而刨根究底的询问更令人不寒而栗。

　　许多年后,用怀旧的心情翻看昨天的书,许多似曾相识的面孔在斑驳的灯光和断续的节奏中时隐时现。

　　火车继续在时光隧道中运行,历史惊人地相似。南方的天空呈现深紫颜色,看不清是否有星星的点缀。近处是典型的江南景致:墨绿色的田野,白墙蓝瓦的民居。在我感念作品中人物的不同命运时,下一个车站已经到了。我必须在这里下车,并在开往另一个城市的火车上,再次以阅读的方式体会另一些人的命运。

刊于2007年第9期《青岛文学》

钢琴声中的车站

那一年的火车比春天来得晚些,它带来了卡尔维诺式的迷蒙。卡氏在《寒冬夜行人》中写过一个车站:一辆火车喷着白烟——车上传来一声长鸣,火车在雨中闪烁着寒光的铁路尽头消失了。这应该是那种老式火车:高高的烟囱,黝黑的机车和昏黄的灯光。这是我在一部电影中看到的镜头。

——那年夏天我在青岛一所靠山的房子里看罗曼·波兰斯基的电影《钢琴师》。海在远处响着,我却久久沉默。波兰斯基惯用灰色铺排背景:深刻的灰。有许多时光的沉淀和望不到底的忧郁。画面和背景音乐像乌拉迪斯洛·斯泽皮尔曼(主人公)的脸一样沉郁。

1939年,纳粹德国攻入波兰。27岁的钢琴家乌拉迪斯洛·斯泽皮尔曼(艾德里恩·布洛迪饰)和他的家人随50万犹太难民乘坐火车离开华沙,开始了他噩梦般的生活。

在我印象中,"华沙"就是人类途中的一个"车站",那里飘落和聚集着冷战的弹壳。而人类的火车一直在途中,它没有站台也没有终点。站台上,一个女人因为问了一句"你们要把我送到哪里?"而被德国士兵开枪打死。乌拉迪斯洛·斯泽皮尔曼对战争的认识是从这里开始的。他既是那场灾难的经历者也是凝视者。影片通过乌拉迪斯洛·斯泽皮尔曼的经历再现了那段历史:灰暗的天空、奔跑中倒下的身影、烟雾中出现的坦克、人们表情迷离的脸重叠着纳粹军人的身影、钢盔反射着灰暗的冷光。我更注意那些士兵的表情——像宇宙黑洞。

在这里,"火车"成为法西斯意志的符号,与影片中废弃的楼房和杂乱的街道构成一种特定的语言。每一个背景都像一个词,透着寒冷、死寂的气息。在《钢琴家》中,火车反复出现,波兰斯基将火车作为一个载体——它强行将人类的灵魂运往遥远的异乡。

乌拉迪斯洛·斯泽皮尔曼躲的这间房子有架钢琴。作为一个钢琴师,乌拉迪斯洛·斯泽皮尔曼很长时间没弹琴了,别人告诉他不能弄出声音,他按捺不住,乌拉迪斯洛·斯泽皮尔曼的手像一团火伸向键盘,他弹了琴。

钢琴是他生命的一部分。

"你是谁?你在干什么?"——德国军官发现了他。在欧洲一间幽暗的房子里,战争中关于钢琴的对话从这里开始了。这是侵略者与被侵略者之间的对话,简洁却具有震撼力,像一次火星大冲撞。

钢琴让乌拉迪斯洛·斯泽皮尔曼想起自己的身份:我是钢琴师。

你弹一下琴吧。德国军官用优雅的语气说。乌拉迪斯洛·斯泽皮尔曼在钢琴前坐了下来。这时候画面相当沉静——河在战争以外的土地流着,鸟在春天的天空飞舞。

"可以只弹旋律中空心的和弦,
　只弹经过句,像一次远行穿过月亮,
　只弹弱音,夏天被忘掉的阳光,
　或者阳光中,偶然被想起的一小块黑暗"

——欧阳江河

琴声唤醒了两个人心中温暖的部分,像阳光从阴云中划过——德国军官是一位音乐爱好者,音乐让他从一个侵略者迅速变成了倾听者。乌拉迪斯洛·斯泽皮尔曼激情的内心与德国军官安静的表情在战争间歇的琴声中相遇了——音乐挽救了乌拉迪斯洛·斯泽皮尔曼的生命和德国军官的灵魂。

战争结束了,德国军官成了俘虏——命运的角色转换很快完成了。乌拉迪斯洛·斯泽皮尔曼想起那个德国军官,他到处找他,但是没有找到。乌拉迪斯洛·斯泽皮尔曼不知道他的名字。影片结束时才在字幕出现了那个德国军官的名字。那时,作为战俘,他已客死在一个俄国农场。

　　乌拉迪斯洛·斯泽皮尔曼在弹琴。他富有情感的手指长时间在键盘上滑翔。这是一次心灵的飞翔。我想起忧伤的夜莺飞越欧洲夜空的景象。琴声足足持续了两分钟，直到画面结束，周围一片黑暗。后来我知道，那首曲子是肖邦的G小调（第一叙事曲）。

　　从这部电影回到生活中，我用了很长时间。我在想：中国电影少有惊人之作，一个重要原因是没有涉及心灵问题——比如《钢琴家》、比如《美丽心灵》、比如《乡愁》等等。那一年我在一张旧报纸上记下这样的文字：我必须给战争中的亡灵找到一个车站，给那些流浪的词找到一个恒久的居所，哪怕是一条河流，就像我曾经住过的那家乡村旅馆。

　　如果将碟片重放，我们是否能够读懂波兰斯基关于火车和车站的隐喻？直到我读凯尔泰斯时，我才仿佛重温了《钢琴家》贯穿始终的忧郁，这个春日，春光一点没有减轻灾难的深度。

　　"火车沉浸在轻微的忧郁之中，这是黄昏别离的时刻。另有一张夜间的照片：快车车厢内，一个依着深红色靠椅坐着的女人侧影"——这是凯尔泰斯去往维也纳途中看到的景象。在凯尔泰斯这里，那场战争一直持续着，从没有结束过。"我知道得很清楚而且这样感觉到：这无可拯救。我想继续走下去，但是在我体内颤动着惶惑不安，某种无法抵御的乡愁"。（凯尔泰斯《另一个人》）

　　我无法知道，也不能告诉你那个战争中的车站是否还在，那辆运送犹太难民的火车是否还在时光的轨道上奔跑。我一直把"二战"看做一个废弃的车站，那里飘满欧洲的大雪。

刊于2005年第8期《青岛文学》

时间的流沙

　　火车像一个历史的访客。深蓝色的天空下，西部空旷的群山一直在视线中起伏着。这些山让我想起大海，海与西部的山脉连接成一片大陆,星星与水母一同燃烧着,充满虚无和幻觉。西部的山阅读了更多的时间和空间,有着历史的厚重感。西部是一本蓄满风沙的羊皮卷,大自然的流沙在这里创造了不可抗拒的荒凉之美。车过武威正值深夜,窗外漆黑一片,看不到夜色中的古凉州(武威古称凉州),我只能凭王之涣的《凉州词》体会这里的一切:黄河远上白云间,一片孤城万仞山。羌笛何须怨杨柳,春风不度玉门关。

　　我此行的第一个目的地是嘉峪关。灰色的天空挂着乌云,如同古代戍边将士的旗帜。汽车从戈壁中间的路上驶过,远处可以看见传说中的祁连山,黄褐色峰峦的苍茫下,嘉峪关城墙渐渐出现在我们的视野里。

　　嘉峪关在万里长城西端的嘉峪山麓,北望马鬃山,南看祁连山,地势险要,有"天下第一雄关"之称。从近处观望,高耸的城墙楼阁、凌空飞檐的雄伟走势,顿然有握剑游走,傲视浩瀚戈壁的时空交错幻觉;那尘土飞扬的关外战场,在残阳斜照下,让人想起"醉里挑灯看剑,梦回吹角连营"的悲情。

　　嘉峪关是古"丝绸之路"的交通要冲,又是明代万里长城的西端起点。在这里,两千多年前开辟的中国与西方经济文化交流的"丝绸古道"及历代兵家征战的"古战场"烽燧依稀可见,是中国丝路文化和长城文化的交汇点。这里大漠无际,风云广浮,九衢纵横,星汉俊驰……嘉峪关是明代长城沿线建造规模最为壮观,保存程度最为完好的一座古代军事城堡,是明朝及其后期各代长城沿线的重要军事要塞,有"中外钜防""河西第一隘口"之称。

　　明初,宋国公、征虏大将军冯胜在班师凯旋途中,选址在河西走廊中部,东连酒泉、西接玉门、背靠黑山、南临祁连的咽喉要地——嘉峪塬西麓建关。嘉峪关关城始建于明洪武五年(公元1372年),历时168年,于公元1540年建成完工。史料《秦边纪略》记:"初有水而后置关,有关而后建楼,有楼而后筑长城,长城筑而后可守也"。嘉峪关关城有三重城郭,多道防线,城内有城,城外有壕,形成重城并守之势。它由:内城、瓮城、罗城、城壕及三座三层三檐歇山顶式高台楼阁建筑和城壕、长城峰台等

组成。关城内现有的建筑主要有游击将军府、官井、关帝庙、戏台和文昌阁。嘉峪关附近烽燧、墩台纵横交错，关城东、西、南、北、东北各路共有墩台66座。地势天成，攻防兼备，与附近的长城、城台、城壕、烽燧等设施构成了严密的军事防御体系，被誉为"天下第一雄关"。这片土地充满了前尘往事的回忆。张骞出使西域，霍去病率军攻伐匈奴，唐玄奘西天取经，马可·波罗东入中原都在这里留下过自己的足迹。

嘉峪关除雄伟的关城之外，还有丰富的文物旅游景点和奇丽的自然风光。名胜古迹有悬壁长城、讨赖河墩、魏晋古墓、黑山岩画以及雄浑宽广的戈壁大漠，神奇美丽的冰川雪峰，碧波荡漾的湖泊水乡，奇妙独特的雅丹地貌等。

在嘉峪关城外看到了骆驼。骆驼是大漠里最具宿命色彩的动物。几百万年以前，骆驼的祖先生活在北美的沙漠中。几百万年来，它们生存，繁衍，慢慢地从北美的老家迁居，一些走到南美，逐渐演变成南美的动物，比如羊驼、骆马。其他一些骆驼穿过当时连接着美洲和亚洲的白令海峡，并慢慢迁居到中亚一带。骆驼熟悉沙漠气候，它们幕天席地，以日月为友，与风沙做伴……

出了关城发现外面起风了。风掠着地面向天空刮着，沙石在风的推动下一点点往前移动着，发出"瑟瑟"的声音。在嘉峪关我知道什么叫"风吹沙响"、什么叫"飞沙走石"。嘉峪关在刮风，从关内到关外，黄沙像一片巨大的幕布从西北方向吹来……整个大西北在刮风，起风了。

我想起范仲淹那首《渔家傲》：塞下秋来风景异，衡阳雁去无留意，四面边声连角起。千嶂里，长烟落日孤城闭。

刊于2008年8月6日《人民铁道》报

上海梦幻

在早年的印象中,上海是一座海上的城市,这让我想起张才女的小说《海上花》。啊,海上的花,那么具有梦幻色彩。上海就是这么具有梦幻色彩的城市:早期的殖民者在这里留下了资本象征的当铺、钱庄、商号、绸店。给这些城市涂上一层异族文化的色彩。三、四十年代上海滩上的冒险故事如一段老歌的回放,带有一种腐朽的美,黑白在上世纪初期的时空,令人在回忆中产生无限的倦意与伤感。

上海在哪里?这已不是简单的地理概念。对这个城市梦幻般的向往更多源于影视、文学作品以及各种不同的文字记载。二十年前去过上海,二十年如一道站牌在车外一闪而逝。一直喜欢南方的城市,那里的雨水、气候以及绿树中掩映的建筑,融东方精神与西方意识于一体,从而折射自己的城市气质。列车徐徐接近上海,过往的城市像一本书徐徐打开。这是一种双重阅读,就像我早年看米兰·昆德拉的《生命中不能承受之轻》,虽然某些章节已淡忘,但有种精神在其中闪光。在阅读中接近上海,也在阅读中加深着对一个城市的理解。

2010年夏天,世博会让我有再次光顾这座城市的机会。

上海是现代城市的一个标本。从旅馆的窗口看去,城市自近而远层次分明:开埠时期低矮灰暗的民房、殖民时期的哥特建筑和高耸入云的摩天大楼,它们构成了这座城市的三元色,而黑色是城市的底色。教堂天蓝色的圆顶与城市的灰色形成反差,记载着西方传教士在这里的活动痕迹。历经岁月风雨的油漆开始剥落,但代之以起的现代建筑没有改变它的殖民属性。

磁悬浮列车划着蓝色的光线从楼际间飞驰而去。这种外表浅银色的钢铁动物集中了现代工业的诸多元素:钢铁、科技、信息、速度等等。

而城市的另一空间，地铁在运行，一个更加商业化的出口在前面等着我。在那里,阳光如同硬币的反光在眼前闪过,它们让我看到金钱与商品的波光流转。高速铁路与地铁标志着现代速度的加快和人类活动空间的拓展。

很早去上海时曾坐过一次客轮。傍晚从青岛出发，随着马达的轰鸣，浪花溅湿了告别的话语。夕阳斜照的码头上，人们断续的呜咽和闪光的眼神开始模糊。海水依依不舍,但城市还是渐渐远了,汽笛在雾气中"呜呜"叫着,心中陡生一种茫然的感觉。客轮进入内海时方才懂得什么叫沧海茫茫，什么叫孤旅无涯。在落日即将没入海面时,大海被夕阳染成火红的颜色，突然感觉生命的悲壮与美丽，那个意象一直留在心里,成为一种图腾。在我多年的旅行体会中,乘船旅行可以说是一次告别,而火车旅行则是一次愉快的漫步。火车多了一些悠闲,乘船则多了一种苍茫。

上海无疑是中国蓝色文明的发祥地，在接受中融和，在融和中创造。早年看电视剧《上海滩》,那个英雄美女的故事让我迷恋许久。许文强着风衣的背影和表情、丁力从憨厚到冷酷的转变、程程对爱情的坚持等场景如暗花旋转,只是今天的故事已被新新人类们替代,那时的主角在岁月中变换了容颜。上海的繁华旧梦被一代代文人浓妆艳抹的续写着,像一段华丽的丝绸滑过手指,温暖而伤情。上海的前卫与时尚是不言而喻的,从早期的徐志摩、张爱玲们,到现今用身体写作的海派文人,无一不在流转的时空中平添了一种时尚的美。他们尖锐、自在、无所顾忌,有着相当的反叛精神。

"世博"是一个国家民族文化和现代城市文明的缩影,也是经济全球化的缩影。它在整合人类资源的同时,也削减了文明的差异,在发展经济的过程中保留原始的文化是人类面临的重要课题。就文明而言,我更加喜欢那些带有血脉气息的土著文化。我去的是那些非洲馆以及在太平洋海浪中浮动的岛屿国家。而展馆只是一个民族和城市文明的浮光掠影。

阳光打在平缓的水面上,黄浦江在流淌。这条记载时光的河流同时阅尽了上海的繁华旧梦和今天的崛起。可是,哪里才是一个真实的上海?那些十里洋场的打打杀杀仅是旧上海的一片烟云。百姓的、平民化的上海如同过往的尘土,落在岁月看不见的缝隙间,已成为历史的沉淀。

那么,一定还有一场平民的爱恨情仇在另外的时间演绎着,因为支撑这座城市的基座毕竟现在是、而且永远是在烟熏火烤中顾盼流转的百姓们。

刊于2010年7月6日《青岛日报》

奔跑的孩子

曾经有过一次旅行,那是我和老三峡的告别之旅。

自白帝城顺流而下,在巫山县城过夜,两岸的山峦一闪而过。次日,渡船进入小三峡的大宁河,古朴的村寨、悬棺、古栈道、淳朴的山民和羊群壁画一样散落在河岸。导游告诉我们,这里是远离现代文明的村落,住着原始的巴人后裔,这里的孩子每天要步行十几里山路到学校求学。山民的主食是玉米、白薯,牛羊是自由的动物,因为四周全是大山。

渡船行到一个村寨时,河边跑来一个七八岁的女孩,身后跟着一条狗。狗和孩子一样安静,寂静使狗失去了野性。孩子用呆滞的眼神和我们对视,这是文明与落后的对峙。

对我来说,她来自一个遥远陌生的世界——她出生在一个渡船要行驶几个小时才能到达的山里。这里的人不知道城市是什么样子,也许她的父母一辈子都没离开过大山。我想:如果他出生在城市里,又会是什么样的命运?

船缓慢地行驶着,在船即将离开村寨时,那个孩子突然跑了起来。她追着渡船,在风中如一棵芦苇,像是用她的动作和表情对我们说:叔叔阿姨,给我留下点什么。

留点什么呢？由于离岸边较远，同伴只能扔硬币。一枚枚硬币划着弧线飞向岸边，飞向岸边奔跑的孩子。其中一枚硬币落到岸边的石缝里，孩子用她纤细的手在石缝里摸着。但她没有摸到，那枚硬币被水冲向下游。

我掏着口袋。我身上没有硬币。

船渐渐离开了那个村寨，离开了小三峡岸边的孩子。从船窗可以看到孩子在向我们挥手告别，然后，她弱小的身影渐渐远去，永远留在那片大山，那个岸边。

大宁河在静静流淌。硬币落在沙滩上发出的金属声如同文明与落后碰撞的声音在旅途中回荡着。回去的途中，我没有看见那个孩子。暮色四合，村寨像沿途的壁画镶嵌在我们的记忆中。

离开村寨后，一种愧疚像三峡的水迅速浮了上来。是什么让我愧疚？是自私，一种愧对那个孩子的自责。本来完全可以把一张百元纸币想法扔到岸边。但我没有做。

一百元钱对一个山里的孩子与一个城市人来说是一个巨大的不等式。一百元可以是山里孩子一年的学费或一年的口粮。为了一枚硬币她必须在岸边奔跑，而骄傲的城市人却不屑弯腰捡起地上闪光的硬币。一百元可以使她因求学而跨过贫困的门槛，否则她可能永远被文明挡在遥远的山里。

我是一个怀着休闲心理去观望偏僻山野的游客。我在想，一个城市人与一个山里人是什么关系？现在，我们已很难对一些贫困阶层的生活状态抱有怜悯之心。是什么让我们如此冷漠？如果再次遇到那些贫困的人，我们是否会慷慨解囊？

随着三峡截流的进程，我们再也看不到那个夏天的场景。现在那个女孩已随父母离开那片故土、那条河流。移民给了她难得的生存机遇。十年以后，那个孩子将长大成人。她不会想起童年的时候在大宁河边有过一个吝啬的旅客。对她来说，生存无疑是奔跑。这是一种迅速脱离贫困的竞赛。她甚至不会想起自己曾经贫困的童年和大山。那条河连同我的良知将被上升的水位淹没而成为永远的记忆。我再也见不到那个女孩。

我的眼前只有一幅奔跑的画面：一个女孩、一条狗，在三峡支流的大宁河边。

刊于2004年3月8日《人民铁道》报

一座雪山的交叉旅行

中国历史上的探险旅行多半是带回知识与文化，最后改变了"自己"，近代西方的探险旅行则往往是输出了殖民和帝国文化，最后改变了"别人"，他们的旅行与目的交叉进行。在近代西方探险家眼里，"东方"往往成为静态的"被观看者"。读斯文·赫定的回忆录《我的探险生涯》常有种不舒适感，因为他的探险带有文化侵略的成分。这大约就是文化学者爱德华·萨依德所说"东方幻想"的意思。

旅行者对旅行地来说是没有重量的。一次真正旅行的意义应该发生在内心而不是外部。

那年夏天我获得了从一次旅行反观一本书的经验，直到我从雪山回来。这是一次交叉旅行：从一本书到一座雪山，然后再从雪山回到一本书，那是日本作家井上靖的一本小说《冰壁》。井上靖是善于写人物感觉的作家，他在开头这样写道："——鱼津往常从山上下来，一看见东京的夜色，便会产生一种迷茫的心绪"。鱼津和小坂乙彦一直想登穗高山。美那子的出现使故事出现转折。在这里——"美那子"是鱼津和小坂乙彦之间的一个异数。因为对登山这样的极限运动，天气、情绪或者器械的微妙变化都会使生命出现意外。井上靖通过鱼津的感观，对小坂乙彦的死做了这样的描述：小坂正在离鱼津五米来远的斜上方，贴着岩壁——奇怪，鱼津觉得小坂乙彦的身影是那么清晰，仿佛是一幅图画。小坂周围的一小块空间像净化过似的——闪烁着微弱的冷光。事故就在这时候发生了。从那以后，鱼津常感到那早已忘掉的高山雪夜死一般

105

的寂静笼罩着自己。从"迷茫的心绪"到"死一般寂静",鱼津在城市与雪山之间感受到精神世界两种决然不同的体验。

读完《冰壁》,我带着主人公鱼津"迷茫的心绪",去赴"死一般寂静"的玉龙雪山。

我带着对雪山的敬畏去赴自己的心灵之约。从海滨城市到偏远省份,从丽江到玉龙雪山。在我看来,真正的旅行是属于一个人的,只有这样人才可以与大自然彻底融合在一起,变成自然的一部分。夜晚在陌生的云南大地降临了,周围雾气很重。我选择了一家山下的小旅馆。这是一座明清年代的民居建筑,简朴的房舍传达着原木和红土的清香。丽江一带到处都有这样的民居。这是我喜欢的中国建筑,质朴如当地百姓的蜡染艺术。远处的寺院像经声佛号中的红衣喇嘛,在夜色中飘荡着。已经记不清寺院的名字和那些喇嘛的来历。宇宙间那些跨越时空的事物是有神性的,它们在世界的某个位置散发着永恒的光芒,诸如一条河流、一座雪山、一个星座,它们吸附了太多的宇宙信息。而我只是一个过客,只想获得城市之外的自然气息。

我们住的旅馆背后就是玉龙雪山,水在世界寂静时发出了奇异而神秘的声音。这是我从来没有听到的声音,它一定来自心灵的某个角落。我想起《冰壁》主人公鱼津的"死一般寂静"。读完那本书后,我的耳边一直响着一种声音:坠石滑落的声音。

闭上眼睛,雪山升起。

一切都在坠落。一切都是虚幻。

世界在加速,发出"哗哗"的响声。

在五月的这个夜晚,我想到了神谕,想到了传说中的香格里拉,想起这片神秘的土地上我喜欢的藏饰品、遥远的马铃声以及背后的玉龙雪山。也想起了城市——这是一种喧嚣与宁静的对峙,像树木的年轮。而寂静是最深的一层,只有深入其中才可以看到。

世界有许多著名的雪山:如乞力马加罗、珠穆朗玛峰等。在西藏,雪山被称为神山,有自己的名字和性别。玉龙雪山属丁西藏雪山的一部分。这里是离上帝最近的地方,可以听到神的谕示。人生能和雪山相遇是一种福分。玉龙雪山像一尊女神遥坐在那里,神情庄严而圣洁。在这里,雪山因高原气候而四时变化多姿;丽江古城古色古香;周围是神秘的泸沽湖、被视作母系社会活化石的摩梭人的婚恋生活以及几近绝迹的东巴文化。

我是清晨开始进山的(记得鱼津最后一次登穗高山也是一个清晨)。路上一直在想:人要经过多少次攀登才能够到达高处?一个人面对一座雪山应该有多大的内心力量?我身边一直带着探险家斯文·赫定的回忆录《我的探险生涯》。他在第十三章《深入亚洲心脏地带》中写到:当我们费尽全力达到山顶时,一天过去了。掩埋在这片皑皑白雪下,不知有多少人类和马的尸骨,无疑是对致命的暴风雪一种缄默的印痕。探险与登山是两种精神运动,但结局可能是一样的,那就是都必须面对死亡,有时死神就在我们身边。

去玉龙雪山的道路两旁是绿绿的草甸,在路上远远地看到了雪山的主峰。云层厚厚地挡在半山腰,雪山钻石一样安静,它奇异的安静让我不安。路边的草甸上有一匹红色的马。绿色草甸反射着太阳的光亮,十分亮丽。一道山泉从山上流下。听说丽江古城里的河水就是从这眼泉水里流出来的。古泉眼旁长着两棵大树,纳西族人把它们看成神树,任何人不得砍伐和攀爬,否则会受到诅咒和重罚。上山的人群中有蓝眼的欧洲人、褐色皮肤的东南亚人以及来自周边地区的游客和信徒。

中午时分,我们到达山顶。风"呼呼"吹着,这是来自雪山的风。从山顶可以看见远处的丽江古城像褐色的草甸,漂浮在遥远的地方。在山上似乎可以听到上帝的呼吸和灵魂的跳动,可以听到天空在落雪——我说的是心灵。我相信这些雪山与城市的雪不是来自同一片天空。我无法说清自己究竟看到了什么。城市隐藏在记忆深处。城市让我疲惫不堪。而雪山让我们进入可以与上帝对话的空间。绿色草丛、红色的马、雪白的山以及寂静的寺院,这些奇异的景致如同幻想一直在我的记忆中回旋。这让我暂时忘记了《冰壁》中鱼津所处的情境。

《冰壁》里第二个女人阿馨出现在鱼津去登穗高山的前期,她是在了解哥哥小坂乙彦死因时爱上鱼津的。阿馨与鱼津约好从不同的路线上山,然后在一个山谷会面。就在鱼津接近山谷时,不知从哪里传来巨石滚落的声音。这是一种死亡的信息,仿佛上帝的旨意:人在进入与上帝对话的情境时不能有外因的袭扰(尤其是女人)。

阿馨自然没有见到鱼津。她只看到鱼津用铅笔写下的日记:"——三点半进入浅谷。坠石频频。雾甚浓。

——以往都有著名登山运动员丧生于可以避免的危险。我也重蹈其覆辙也。

——寂静。极为寂静"。

在玉龙雪山,我最终体悟到鱼津对雪山的体验:死一般的寂静。

阿馨还有好多事情要做。她必须登一次穗高山。为的是按照杜布拉的诗中写的那样,找个美丽的岩台,把恋人鱼津和哥哥小坂乙彦的两把登山镐插上去。

在不同的时空,我与鱼津、斯文·赫定行走在不同的雪山上,结果是:我从原路返回城市,斯文·赫定成为著名的探险英雄,而鱼津却永远留在那个雪山峡谷。

刊于2007年12月6日《青岛日报》

驶往月亮的火车

上世纪某个孤寂的秋夜,星辰像含着雾汽的水珠触手可及,流星拖着火红尾巴在远处坠落,圆月像一枚卵石挂在天上,一辆火车正从故乡原野驶过。这样的情境只能发生在无欲无念的童年视野。在淡淡月色下,我一边咏诵李白的诗句"窗前明月光,疑是地上霜,举头望明月,低头思故乡",一边躺在秋天的草地上冥想:如果在月亮上建一个车站,我们便可以乘"宇宙"号火车驶过漫长的宇宙空间,一路与木星、水星招手致意,在环形火山与嫦娥约会,在荒凉的月球旅游,顺便将人间的桂花与月宫的桂树交换,临走时把月色制成月光卡片带回地球,哪里还有什么明月与故乡的乡愁?在时空交错的空间里,月亮只是人类的一个站台,弥漫着桂树的清香和寂落。那时曾对自己的幻觉激动不已,并这样描述这次旅行:乘火车完成一次远行/穿过古老的月亮/中间的星辰被黑夜略过/生命一旦以速度方式进行,人类便可以看见/最初的雨和最后的雪。

博尔赫斯在小说《南方》中有一个时光交错的场景:现实生活喜欢对称和轻微的时间错移……在火车站的大厅里,达尔曼发现还有三十分钟火车才开。他突然记起巴西街的一家咖啡馆有一只好大的猫,像冷眼看世界的神道一样……他走进咖啡馆,猫还在,不过睡着了……仿佛他和猫之间隔着一块玻璃,因为人生活在时间和时间的延续中,而那个神秘的动物却生活在当前,在瞬间的永恒之中……他瞌睡了一会儿,梦中见到的是隆隆向前的列车……车厢也不一样了;不是在孔斯蒂图西昂离开月台时的模样:平原和时间贯穿并改变了它的形状……达尔曼几乎怀疑自己不仅是向南方,而是向过去的时间行进。许多大师对"时间"作过深刻的描述。在博尔赫斯的作品里,时间有时是一条通往交叉花园的小径,一个失去的地名或国家,一本并不存在的书。在霍金那里,时间可以是一条弯曲的弧线。在孔子那里时间是水:逝者如斯,不舍昼夜。萨尔瓦多·达利创作了一系列著名的形象:柔软的钟表、腐烂的驴子和聚集的蚂蚁……达利喜欢用真实的形式表现不真实的物体和情景。在达利的世界里,时间第一次被质疑、被消解了……

人类登月以后,月亮的传说已成为一种美丽谎言,现在我已无法对儿子复述嫦娥和大白兔的故事,但我始终不愿承认这种传说与蒙昧有关。上世纪母亲讲这个故事时我大约十岁左右,我躺在铺着草席的土炕上,银色的月光透过窗户洒满我的脸,风吹树叶"刷刷"响着。现在想来这是一幅多么动人的图画——那时,有关月亮的传说一直是我夜晚的催眠曲,并催生了我对世界无限美好的想象。与这一事情有隐秘关系的一个情节发生在不久前的一个春天。那天,我在一位民间收藏家那里不

经意间看见一个挂在墙壁的物件：一只广泛应用于上世纪六、七十年代的马灯。那个下午光线幽暗模糊，但我的记忆突然亮了一下。一只马灯瞬间把我带入中国农村广袤的原野和漆黑的夜晚。在那个贫困但生长童话的年代，月亮与马灯同时带给我关于光的启示：一个属于精神领域，另一个属于生活范畴。今天，马灯的光亮早已消失在刺眼的日光灯下，月亮依然挂在空中，我们却失去了赏月的审美情趣。在走出黑夜的途中，我们遗失了曾经美好的东西，这在很大程度意味着人类童话基因的丧失，如此我们是否要遭到自然的惩罚——就像亚当夏娃受惩罚一样具有隐喻。被现代社会所忽略的事物与感受，作为一种精神力量在诗歌中获得了幸运的存在。诗人古马写过火车这种异于人类的事物："空气微微震动/远处高山上的雪线望下紧跑了几米/好像是闻风而动的神在那儿了望/喘着粗气的黑火车/把月亮的行李从左肩换到右肩/天就亮了"。他写了自己在西部高原看到火车经过雪线的情境。那个下午我在相隔遥远的东部海滨读这首诗时，隐隐感到来自雪山的震动。

人类对地球变迁和对时间相对性的认知，不断加深改变着我们的宇宙观，同时又使我们对空间多了许多不安与忧虑。如是霍金说：真正的宇宙演化过程比《星球大战》更炫目。电影《异型星球》里有过这样的描述：在"奥里里亚"行星上，没有季节、白天和黑夜，"奥里里亚"的一面永远面对着它的"太阳"：红矮星，而它的另一面则永远处于黑暗之中。黑暗的一面永远被冰层覆盖，而朝着红矮星的一面则有广阔的河流和洪水肆虐的平原，云彩和闪电风暴主宰着天空。通过计算机模拟，生物学家们构想了一些从理论上可以在"奥里里亚"上生存的外星生物——它们包括像巨大植物般的动物"刺激扇"、长颈鹿般的掠食者"大胃猪"以及可以消融肉食的蝌蚪状生物"歇斯底里"。科学家认为，该行星最主要的动物还包括一种犰狳状的生物——"mudpod"，它具有三双腿，能像鳄鱼一样在水中游泳。2004年，美国"机遇号"火星车在拍摄火星地平线全景画面时，幸运拍到了火星日落的奇景——空气中的灰尘让太阳看上去是蓝色的。人们可以看到蓝色的太阳在地平线上迅速地黯淡下去。蓝色主要是灰尘散射太阳光线造成的。"机遇号"火星车经过半年多的星际旅行，于美国当地时间1月24日在火星的"梅里迪亚尼平面"成功登陆。在其孪生兄弟"勇气号"屡屡受困火星的情况下，"机遇号"带着人类的梦想向遥远的火星飞翔，并传回了令我们惊讶的消息，这是人类与火星密切接触的"机遇"。这也是我所想象到的最壮观的落日：蓝色的落日在宇宙间孤寂地划过，没有惊动上帝的睡眠。

现在继续我们的想象：我们可以让驶往月亮的火车早出晚归——白天给月亮运去阳光，夜晚为大地载满月色。可以请久居月宫一生寂寞的嫦娥美眉来地球旅游，带嫦娥美眉去北京坐地铁看故宫，告诉她故宫里有比她更寂寞的女人，她们一生患有一种狂想男人的相思病。后宫很深，光线黯淡，后宫一入深似海啊。然后带她乘磁悬浮列车划着蓝色的光线从楼际间飞驰而去。最后告诉她我们坐的这个物体叫"星际列车"，在这里夏娃是我小妹，亚当是我哥们，上帝是我同事，他昨天去火星出差了，曾在一本《犹太人教规》中读到这样一段传说：那条在伊甸园用谎言诱惑了亚当夏娃的蛇被上帝惩罚后，悄悄潜入人间。当地土著隐约谈到过这条蛇的行踪：一种说法是这条蛇因无法忏悔自己的原罪，在一场大火中自焚。另一种说法是这条蛇经过约旦河、幼发拉底河向东游去，然后消失了。这个故事《圣经》没有记载。我比较相信第二种说法，当然这只是个传说。伊甸园的故事本是一段美丽传说。

刊于2007年8月6日《人民铁道》报

足球：公众的幻象

一个球状物体在旋转，然后落在世界的某个角落。这个影像会让我们想起什么？世界杯是一个节日，一个足球创造出的节日，也是人们观看暴力与进攻场面的节日，它足以调动人们的想象空间，成为公众的幻象。自古以来，人类对于暴力的观看欲望远远超过优美的抒情场面。诸

如古罗马竞技场人与兽的厮杀,西班牙斗牛场人与牛的角力。足球在某种意义上是人类攻击本能的一种转移。哲学家雅斯贝尔斯说:"提高体育运动乐趣的另一个原因,也许是在目睹同观看者自己命运无关的人经历危险与毁灭时所具有的快乐,这种快乐在古罗马时代无疑是吸引群众观看角斗竞技的原因"。

或许没有一种运动能比足球更能让人温习古典战争的记忆。比赛在绿茵场上进行,仿佛是以草原为背景的古代游牧部落的战场。古时的战争往往有公平竞技的风范,交战双方先约好地点,多是选择一片宽阔地,然后摆开阵势,击鼓对冲、摇旗呐喊,一场小型的战役开始了。文学作品中关于战争的描述一直牵动读者的神经。在《荷马史诗》中为了夺回海伦,特洛伊战争打了十年。只是荷马的描述过于简洁,我想这场战争足以用十部史诗表述。《三国演义》关公斩华雄一战很是精彩,关公回帐篷时黄酒还是热的。一场足球时间很短暂,只需要90分钟,两个国家的精神就会有十足的表现。

足球比赛拼体力比意志,讲究集体配合、战略战术,几乎是一场小型战争的模拟。足球比赛追求结果,胜利必须用数字表示。在本届世界杯比赛中,我目睹了几次类似战争的杀戮:一次是乌克兰核弹让沙漠之狐在无法躲闪之间灰飞烟灭;一次是德国战车在漫不经心的厄瓜多尔人身上狠狠辗了三下。看乌克兰与沙特的比赛觉得很残酷的:既兴奋于舍瓦的复苏,又感到沙特人真的很可怜。同样是一场杀戮,德国人对厄瓜多尔的杀戮与乌克兰的杀戮相比并不是一个球的差别,而是一种心态的差别,乌克兰的杀戮是生死存亡的搏斗,而德国与厄瓜多尔的杀戮更像一场大比分的友谊赛。我个人更愿意接受这种既充满作秀又不失精彩的表演。阿根廷与塞黑6比0的结果足以让全世界的球迷目瞪口呆。我注意到几乎所有的媒体都用了"屠杀"的字眼。这无疑是一种与战争有关的联想。"二战"大屠杀以后世界向和平的方向发展,只发生过小型的地区屠杀,比如前南斯拉夫和黑色刚果的种族屠杀。而阿根廷与塞黑6比0的结果恰似一场发生在足球场上的种族屠杀。

　　足球与战争的联想还表现在服饰和发式上。上届韩国世界杯上出现了一个冷僻的字眼：莫希干发式。那个中间留有一道高高竖起头发像极了鸡冠的贝克汉姆满场奔跑，让人迅速回到了十九世纪美国西部的原始森林。这个名字源于美国作家费尼莫尔·库柏的小说《最后的莫希干人》。费尼莫尔·库柏在《最后的莫希干人》里描写了原始森林的幽美、神秘以及白人殖民者、印第安人之间的矛盾冲突。看这部电影时，原始大森林里莫希干人的追逐厮杀让我感觉惊心动魄。那个热爱森林生活，心地淳朴但又精明果敢的纳迪·班波是美国文学中首次出现的印第安人正面形象。作者叙述了莫希干部族在与白人殖民者的欺骗以及印第安人之间的互相仇杀中，逐渐丧失自己的土地和人民，最后整个部族只剩下纳迪·班波父子两人的传奇故事。

　　世界杯比赛是伟大而美丽的"战争"演绎。在这一战争空间里，人们尽可以把自我的欲望尽情释放、宣泄。上世纪英国与阿根廷的马岛之战，阿根廷最终丧失马岛。1986年世界杯上的英阿之战，胜利了的阿根廷人趾高气扬，他们在为自己失去的马尔维纳斯岛屿而战。马拉多纳在世界杯上连过"英军"四人直捣龙门的英姿让所有英格兰人望其项背。1998年美国世界杯上，美国人与政治夙敌伊朗队在小组赛里相遇，两个对峙多年的国家用这样的方式交锋，引起了各国媒体的极大关注，最终伊朗人以2比0击败美国队。在世界杯这场不流血的战争中，个人的愿望、国家的愿望、地区的愿望乃至洲际的愿望被表达得清清楚楚。

　　足球是暴力的展示，是一场有规则、有组织的"群体殴斗"。足球唤醒了人类野性的遗传基因，也激发了人的原始冲动——用生命去撞击生命，用野性去激发野性，用暴力去展示暴力。足球运动屡生暴力事件，英格兰足球场惨案成为20世纪历史上触目惊心的一幕。由于足球本身与暴力结伴，球迷闹事也就不可避免。足球运动本身为球迷提供了充分表现的舞台。《足球工厂》是一部反映英格兰足球流氓的影片。影片讲述了切尔西球迷"猎取人头的蛮人"与米尔沃尔球迷"丛林开伐者"之间的曲折斗争。20多岁的主人公汤米·约翰逊自卷入俱乐部球迷之间的斗争

后,就不断遭到毒打,最好的朋友被判七年监禁,另一个朋友惨死,当他最后一次从医院出来,马上就在一场新的群殴中再次受伤,却在一个酒吧里受到同伴英雄般的欢呼,电影中的画外音是:"值吗?当然!"

影片的开场就是一个血淋淋的头部特写,无数只脚毫不留情地践踏;收尾则是一名少年饮弹身亡,身着起火的衣服倒在卫生间里。这让我想起发生在上世纪的另一个场景:"文革"。中国的"文革"也是和平年代里发生的暴力事件,它所以能够激发那么多"红卫兵小将"疯狂投入,就在于有人利用了青年人的英雄崇拜和暴力表现欲。足球是一种英雄崇拜的方式,是一种精神需求。"西班牙斗牛"这一古老的民间风俗流传至今,并得到各国人民的喜爱,就在于它拥有浓郁的英雄色彩。斗牛士们手持利刃与暴戾凶残的困兽作生死之斗,是古典英雄大显身手的经典场面。只有这种血腥的厮杀才能够显示出英雄的本色来,没有暴力,就没有英雄。

《喧哗与骚动》中有多处关于"球"的描写:一只球滚到草丛里不见了。"球"在这里成为一种童年美好事物的喻体。在我们的记忆中,许多美好的事物像那只滚进草丛的球,再没有回到生活当中。"我的耳朵在倾听/我的心已经有了准备/你尽可以说出这尘世间最坏的败绩/说吧,是不是我的王国已经完蛋了"?(莎士比亚)。如果把这段文字作为一场足球的解释你完全乐意接受,但是沙翁真的在写战争,这是他在歌剧《查理二世》第三场的一段独白。在人们日益渴望和平的年代,足球就这样向我们诠释了战争以及暴力的真谛。

刊于2006年5月6日《人民铁道》报

下辑　明月照书房

梦里花落

　　一直向往有一处私人花园。散步其间，读书，幻想，怅望或回忆，若再加小桥流水，将更具韵致。它是人成长过程中的美学场景。

　　普鲁斯特说：拥有一座花园是一大快事。

　　中国文学中不乏花的影子：暗香浮动，花香袭人。花与文学有一种和谐的美学关系。花是文人笔下的常客，它常伴着融融月色潜于窗前，摇身一变，化作一位轻摇折扇的女子。一种幻化之境。国人审美倾向于阴柔，大江东去的豪迈甚少，除去与种族、传统、理念有关外，花之美引发了文人尤其是落魄文人的想象空间。古人胆怯，不敢折桂，故只能雾里看花，梦中舞剑，然后叹道：对酒当歌，人生几何。

　　中国园林当属苏州，那是一座人文的院落。古人将建筑、山水、花卉置于一隅，在那里休养生息，行到水穷处，坐看云起时。苏州园林是镶嵌在山水之间的一幅文人画，浸透了文化的精、气、神，有种人间气息，不像颐和园、圆明园这些皇家园林透着霸气。

　　南方出才子佳人，不出英雄剑客，这与水土有关。英雄多出自北方，眉宇间寒气闪烁。高手总是这样，特立独行，旁若无人，与花无涉，或者辣手摧花。

　　我一直觉得，剑与花是中国文化的两条河流，在同一天空下凸现，一静一动，相为极致，所谓好花赠佳人，宝剑配英雄，它们都在等待知己和归宿。

西方文学中常见"在××庄园"的语句,一派雍容华贵。外国人大多将花作为生活的一部分,一个从花开四季的庄园走出来的女孩与一个来自乡间田野的民女自然判若两极,物质决定精神。博尔赫斯的《交叉小径的花园》,把花园作为一个巨大的隐喻,为我们虚构了一个哲学的园林,一座象征的迷宫。

我更喜欢秋天看花,这与中国文化的散淡之气相契合。春天过于繁华,夏天过于妖冶,秋天一到,大地火气尽褪,心境变得删繁就简,素朴如一件青花瓷器。月色从花园上空流来,落在秋天怀旧的纸上,稀疏的树景间秋花摇动,淡雅地伫立在人间,若一段悠长的道白,尽含人世沧桑。

杜诗曰:清风左右至,客意已惊秋。望望远处碧水长空雁群嘎然而去,落日长河下旅人去意徘徊;看看近前秋叶交叠错落,遍地金箔,背景有黄白之花点缀其间;想想历史时空中的英雄美人,剑气箫声,能不叫人拍遍栏杆,见花流泪?秋天是最厚实的季节,更具层次感,引人浮想,秋天也是梦里花落的季节。

在我的窗外,那些繁花等待了一个夏天,无人采撷,无声地落在大地上,伴着秋声,夜夜惊魂。到了冬季更是另一番景致;梅在雪中悄悄绽开花瓣,如古戏里的青衣,腾挪之间有万种风情。诗人张枣说:想起那些伤人的事,梅花就落了下来。这地道的神之笔曾让我久久无言,泪光盈盈。

玫瑰是花中的皇后,且有西方血统。里尔克说:玫瑰是花中最高贵的。我不喜欢牡丹,它浓烈的难以让人接受,过于展示自己,不知羞耻。因此,兰花是我书房唯一的嘉宾,我与兰属君子之交,以岁月相伴。而水仙是过客,它只开落我有限的空间。

女人是种花色动物,她们在尘世中开落,使人间多了几份灵气。在某种意义上,女人呈现了花的精神。遥想历史天空中的女人花,一丛丛从高处落下,在我心里溅起忧伤的水纹:战国的西施、汉时的虞姬、唐朝的杨贵妃,一个个倾国倾城、美貌绝伦。美人令尘封的中国封建历史光艳四射。我读古书常见她们脚踏木屐,婆婆而至,照亮幽暗的回廊。

一个美人可以化干戈为玉帛,也可以引发经年不息的战事,我想起海伦和那场经典的"特洛伊"之战。难怪余光中先生在描述那场发生在中国古代的"吴越之战"时说:那场战争是够美的,逃了西施,失踪了范蠡。

关于美人,不妨把希尼的一首诗歌改写一下:

我遇见一位来自西西里的女子,

她的名字是丢失的浓郁的麝香

让人想起河流那漫长的蜿蜒,

黄昏时分翠鸟蓝色的一闪。

有一些花永不开放,她们在等待另一个季节,有一些人永不回来,他们已去往另一个世界。

古诗曰:我有箫心吹不得,落花风里下江南。这里说了一种心境。

在我卧房里,有两种东西互相对应,一种是陶瓷,一种是花。陶瓷代表了文化,花暗示了情感,她们充实并扩展着我的空间,使我有力量抵抗外面的喧嚣。想想那些嘈杂的市声,人间的烦恼,我在世间过得清淡了许多,一些事如同梦里的花只留下淡淡影痕,雁阵一样划过去了。

刊于2004年5月6日《人民铁道》报

明月照书房

《旧约》记载,大洪水之后,人们决定联合起来兴建一座通天塔——巴别塔(Babel),希望能通往天堂。为了阻止人类的计划,上帝让人类说不同的语言,使人类相互之间不能沟通,计划因此失败,人类自此各散东西。巴别塔失败没有阻碍人类对于沟通的尝试,比如,亚历山大在埃及建设了大图书馆。对于求知的人来说,读书就是追求真理的过程或者借助读书到达"天堂"。博尔赫斯写到:"我用一把迟疑的手杖慢慢摸索,我总是把天堂想象成图书馆的模样"。博尔赫斯曾经担任过阿根廷国立图书馆馆长,怀着对图书馆职业的热爱,他高度评价了图书馆在人类精

117

神家园中的地位。图书馆和天堂一样神秘、博大、丰富,富有无穷的魅力,永远令人神往。泰戈尔在《图书馆》一文中也把图书馆比作了天堂:"进入图书馆,我们伫立在千百条道路的交叉点上。有的路通往无边的海洋,有的路通往绵延的山脉,有的路向幽深的地下伸展,不管你朝哪个方向奔跑,都不会遇到障碍"。

学生时期,学校那座德式建筑的图书馆是我最早读书的场所,它曾培养了自己美好的想象力。下午的图书馆里,斑驳的阳光透过稀疏的树叶,落在那些散发着悠远气息的书上,淡黄色的借书卡透着岁月的痕迹,上面重叠了学生渴望的手纹——那些年它是属于我的。图书馆光线暗淡,书架间有架木梯子,最上面的书必须站在梯子上才能够着。管借阅的老头儿是个缄默的南方人,嘴巴瘪瘪的,个子矮矮的,有着惊人的记忆力,会大段大段的给我们讲《隋唐演义》中的细节。后来知道他的一生就是本厚重的书,布满了只有结局没有开篇的沧桑故事,中间的过程也被那段历史删除了。借书时常常会看着他发呆,望着一层一层的书架,不知道自己想看哪本书。那个年代连一部《青春之歌》都被视为禁书,许多书大都以删节本和连环画形式出现,即使如此也常被书中的故事和情境所感染。

记得一个傍晚,当读到"关关雎鸠,在河之洲。窈窕淑女,君子好逑。参差荇菜,左右流之。窈窕淑女,寤寐求之……"时,眼前仿佛浮现出栖居在河中沙洲那些关关鸣叫的水鸟,河岸有窈窕女子款款走来,左右摘采长短不齐的荇菜……虽不能读懂诗中的准确含义,这个情境还是让少年时期的我生发了许多美好的联想。后读诸葛先生的《出师表》:"臣本布衣,躬耕于南阳,苟全性命于乱世,不求闻达于诸侯。先帝不以臣卑鄙,猥自枉屈,三顾臣于草庐之中……受任于败军之际,奉命于危难之间,尔来二十有一年矣……今当远离,临表涕零,不知所言。"读得那个懵懂少年欷歔歔歔的。

自己有书房后告别了图书馆,但学生时代的读书时光始终难忘,读书也成为生活的有机部分。曾做过这样的比喻:我生命中有两个房间,一个是生活的房间，另一个是文学的房间。文学的房间里始终月朗星稀，有历史的文脉与大师的声音，生活的房间却是车水马龙，一派熙熙攘攘的市井气息。市场经济大浪淘沙，许多文人不甘于贫困，本书生也常在文学与生活之间辗转反侧，并常调侃自己入佛门六根不净，进市场狼性不足，但书始终不离左右，这也是与书的一段不解之缘。书房里，喜欢把朋友的书放在最重要的位置，与大师的作品并列，然后平心静气地打开手中的书页，读到经典处常常喜形于色而不能自己，并以诸葛先生的"臣本布衣……苟全性命于乱世，不求闻达于诸侯"自嘲。"读万卷书，行万里路"，书中神游可以领略异国风情，外域异趣，让人眼界开阔。意大利是我最喜欢的欧洲国家之一，煊赫一时的古罗马帝国、著名的庞贝古城、闻名于世的比萨斜塔、文艺复兴的发祥地佛罗伦萨、风光旖旎的水城威尼斯、世界第八大奇迹的古罗马竞技场。这里巨星璀璨：但丁、达·芬奇、米开朗基罗、拉斐尔、伽利略等文化科学大师留下的古罗马时代的宏伟建筑以及文艺复兴时代的绘画、雕刻、古迹和文物。这里美如神话：西西里岛的白色沙滩、托斯卡纳秘境的古镇风情；这里激越宁静：亚平宁山脉雕刻的千年时光、性感女神莫尼卡·贝鲁奇的惊魂眼神——而这一切是一本《托斯卡纳秘境》告诉我的。

读书无关功名利禄，自己没有古人"达则兼济天下"的抱负，只有闲情逸致和随心所欲。一次接受采访，有一问是"为什么读书？"答曰："不为什么，只是因为喜欢，喜欢代表了一切。"看过央视采访一位女才子的读书生活，她说自己从来不刻意读书，常于灯下打开书页，这个时刻街市的噪声退去，夜晚有清风徐来，风吹哪页看哪页——读书进入一种禅境了。一本好书或者一首好诗是有"气"的，它的气息一直贯穿在字里行间。诸如："生当作人杰，死亦为鬼雄""卑鄙是卑鄙者的通行证，高贵是高贵者的墓志铭"如此等等。一部《三国演义》如天际间的大江东去，浩浩荡荡，淘尽了千古风流人物，让人看得惊心动魄；《红楼梦》则如明清时期的回廊建筑，曲折婉转，凄楚故事之间让人尽情体会人间悲喜。

"读书足以怡情，足以博彩，足以长才。其怡情也，最见于独处幽居

之时;其博彩也,最见于高谈阔论之中;其长才也,最见于处世判事之际。练达之士虽能分别处理细事或判别枝节,然纵观统筹、全局策划,则舍好学深思者莫属。"这是王佐良先生所译培根《论读书》中的一段话。读书使男人大气、开阔、睿智;也让女人聪敏、优雅、华贵。林语堂称《浮生六记》中的芸为中国第一美人,并非因其貌比西子,关键在于其优雅妩媚,一颦一笑无不展现知书达理的内在美。文学作品是有性别认知的,当年读张承志《北方的河》时有许多同感,似乎自己就站在北方的草原上,望见河水东去、风吹草低、悠远的牧歌在心中响过。而女作家多从感性出发,下笔温婉,写来写去便似涓涓细流,最后汇聚成碧蓝澄澈的溪水。读张爱玲的书如推窗看见到一群桃之夭夭、灼灼其华的女子,宛若盆池的水红,读到佳句点缀或者情感波折时,仿若微风吹皱一池春水。

阅读是写作的一部分,只有写作的人体会其中的联系。如果写作是一部乐曲,阅读就是前奏或中间的过度,甚至是背景音乐。文字是文化人用心灵"养"出来的。好的文字必须经过心灵的滋润后再现于书面。绘画和音乐莫不如此。如此杜甫说"语不惊人死不休"。语言在文人心里滋养的时间长了必有惊人之处,比如侠客长年在深山练剑,一旦出手自然寒光闪烁。文章到最后写的是一种修养,好文章不是生活的克隆而是心灵的图像。在这里你会看到山川草木日月星辰都有作家的影子。

茶如隐士,酒似豪侠,书是友人。书必须用心来读,心到则书中的情境就到了。有谁说过:书是一扇窗子,可以使身体换气——说的很妙。最喜秋夜读书。月色泼在发黄的书页间,秋虫在窗外齐声鸣叫着,雁声自高远的夜空传来——大自然如一部舒缓又略带伤感的音乐,让书页中的文字多了一些背景成分。"当年明月在,曾照彩云归。"人在这时读书是最易沉静也最易动情的,那些往事中的片段与书中人物的情感故事相重合,不知自己是书中人,或者书中人是自己,仿若一部现代版的"庄周梦蝶"。

刊于2009年9月8日《青岛日报》

民间：记忆与怀想

走近故乡可以用一种物理时间，走近故土则是一段心灵里程。在我的理解中，"故乡"可以站着用审美的眼光观看、领略、回忆，在此我们得到了空间的愉悦；回归"故土"，则必须把身子伏在大地上，用心灵感受土地的脉动、乡民古老的喘息和历史遥远的回声。在对高密民间的数次寻访中，我大约经过了这样的心理路途。

多少年来，无论战乱、瘟疫还是在迁徙途中，"年画"始终以民间特有的方式温暖着乡亲，也加深了祖先对自然与生命的认知。在被岁月遮蔽的土地上，有着许多被冷落的民间作坊和不知名的艺人，那里布满岁月的痕迹以及民间艺人模糊的身影。他们始终在我的血液里流动。

高密史称夷安，是经学大师郑玄、齐相晏子、清代大学士刘墉等历史文化名人的故乡，也是文化部命名的"中国民间艺术之乡"。其"扑灰年画""剪纸""泥塑"被称为中国民间艺术"三绝"。

年画是中国民间艺术一种特有的形式，它们与故乡的大雪一起覆盖了我的童年。在我的记忆里，故乡的冬天总是北风呼啸，总是大雪纷飞。这个时刻，乡民们就用各种方式开始布置自己的新年了：贴对联、贴窗花、贴窗旁。"窗花"是一种剪纸艺术，以人物、动物、花鸟、故事为题材。"窗旁"则是中国最古老的"年画"。年画是古老的东方影像，是东方文化在中国百姓的心理折射。旧时春节前，家家户户都在斑驳错落的土墙、大门、厅房间贴满各种花花绿绿，象征吉祥富贵的年画，"年"的气息扑面而至。相传中国年画始于唐代，沿至宋代才普遍流行，但仍以张贴门神为多。民初年间，日本人曾在甘肃发现两幅宋朝的年画：一幅是班姬、王昭君、赵飞燕、绿珠的四美图，都作高鬓长袖的宫装；另一幅是灶王爷和关圣帝君。两幅画上都盖有"平阳姬家雕郎"的店铺字样，足见在宋时人物年画已具规模。

年画艺术是中国社会的历史、生活、信仰和风俗的反映。年画的出产地一向分成两大中心:北方的天津杨柳青和山东潍坊寒亭;南方的苏州桃花坞和广东佛山。

高密"扑灰年画"是中国民间艺术世界里一个独特的画种,被誉为"中国一绝",与其他年画艺术不同的是它的"扑灰"工艺,故称"扑灰年画"。所谓"扑灰年画",主要根据生产制造技术而言。它的制作是根据所构思的题材内容打出底稿,再用柳枝条起轮廓,拿画纸在上面扑抹。扑灰起稿之后,即开始手绘,先是平面涂色,然后再勾画轮廓、粉脸、涮手、开眉眼、描金、涂明油。早期的"扑灰年画"以水墨为主,从清代道光年间逐步发展为以色代墨,并趋向艳丽。由于大笔纵横,自由挥洒,有抹的味道,艺人们称其为"抹画子"。内容大都表现喜庆,很适于民户节日张贴。"姑嫂闲话""踢毽子""万事如意""富贵平安""八仙庆寿""牛郎织女""福寿双全""双童献寿""团扇美人""四季花屏""家堂"等都是扑灰年画的代表作品。清代中期,高密扑灰作品就销往烟台、临沂、徐州、内蒙古、东北等地。

高密扑灰年画是中国年画的一个重要分支,起源于明朝初年,距今有500余年的历史。它的创始者据传是高密北乡公婆庙村的王姓人家,他的名字已无资料可查。高密扑灰年画内容大约可分为六类:第一类是神像,门神、财神、灶王、八仙等;第二类是庄稼生活,像春耕图、秋收图、过新年图等;第三类是吉祥画像,富贵满堂、福禄寿喜、连生贵子等;第四类是怡情画像,渔樵耕读、春夏秋冬等;第五类是故事画像,二十四孝、梁山伯祝英台等;第六类是戏剧画像,唐僧取经、桃园结义等。

高密剪纸在民间历史悠久,广为普及。明代洪武年间,大批移民带来外地剪纸,主客融合,逐渐形成了独特的高密剪纸风格。高密剪纸有个特点:一是块与线形成黑白灰色调,相互衬托,对比强烈,并富有韵律感;二是纸条挺拔,浑厚粗犷,富有浓重的金石意味;三是以精巧的构思见长。构图夸张变形不失真。以巧妙的构思,稚拙的造型,刚劲的线条,昂然的意趣而技压群芳。题材多为花鸟鱼虫、戏剧故事、吉祥图案、生活习俗等,深受群众喜爱。剪纸作者大都是民间妇女,她们未受过艺术专业教育,兴之所至,随心创作,作品不具成法,粗犷中见清秀,雅拙中藏精巧。高密民间剪纸,在内容上取材广泛,生活气息浓厚,寄托着人们美好愿望。有"窗花""鞋花""顶棚花""馍馍花"等以人物、动物、花鸟、故事为题材的剪纸作品。1997年的"牛年"全国生肖邮票图案即从高密民间剪纸中所选。

高密泥塑起源于明代万历初年,原由高密聂家庄一户穷苦艺人从捏锅子花开始,经过本村艺人世代相传,使其由粗到细,由简单造型到复杂结构的生产演变,发展成为现在的形、色、声、动俱佳的民间工艺品。主要产品有"叫虎""摇猴""摇蝉""叫鸡""座狮""泥娃娃""牧童""花姑""梁山伯与祝英台""刘海戏金蟾"、"八仙"等70多个品种。高密泥塑造型憨厚,着色浓艳,所塑事物,有静有动,并多能逗趣、发声。不少作品动静结合,形声具备,雅拙中透精巧,憨厚中显灵秀,栩栩如生,活灵活现。其中"叫虎"竖眉瞪眼,昂首踞立,胸挂桃红大花,额涂朱笔"王",既威风凛凛,又娇艳可掬,用手拉送首尾,即有啸声发出。

"总是在岁月回首时,想起民间,

总是落日,总是北风,总是悲欢离合……

在民间,我看到石头开花,

在民间,我知道生命轮回,

在民间,我相信:山川,河流,天地万物都是灵魂。"

刊于2006年7月8日《青岛日报》

黄河与观念艺术

美国预测学家贝尔在其《资本主义的文化矛盾》一书中说:视觉世界的变化是整个社会生活方式发生变化的先兆。从美术变迁看人类文化意识的发展,如同我们站在高处反观黄河的流向:古老、沉重而富有

规律。这使我想起多年前陈强《黄河的渡过》中从构思到"黄河水体纪念碑"这一艺术工程的奠基,它在我心里的冲击已不是一条河床所能涵盖了。

在当今所有艺术门类中,没有一门可以和美术作品的形式多样、材料和媒体的无限扩大相比,大到用高山湖泊做媒质,小到用动物和生物细胞进行拼贴,"一幅画就是挂在墙上的有一定尺度的空间存在"的美术品定义再不能涵盖当今美术的多姿多彩的现状了。

观念艺术是西方波普艺术的发展和延伸,属现代艺术的一个门类。在中国,从《大地走红》到《黄河的渡过》,观念艺术已谨慎地进入我们的视野,它的特点是:不论使用什么方式,都把视点放在一个核心问题上,实现社会行为与艺术作品的合二为一,完成对社会文化的参与。

由于文化灌输和对河流的暗恋,我一直注意有关表现黄河的作品。

黄河让我想起源头、母语、陶器一类的词汇。中国只有一条黄河,如同世界只有一部《圣经》。它给予我们的远不是自然的水物质。处于文化和黄河的下游,我们对其所取的姿态只有仰望和怀念。就像我在那年夏天所看到的东营境内的黄河一样,它呈现在眼前的只是河面混浊、滚动缓慢,既没有奔腾跌宕、也没有咆哮万里的普通大河,但站在东营入海口那片寂静的崖边,捧起一掬带着泥沙的水,我的心已是浩荡一片,滔滔不息了。

黄河给我的感觉就是这样神秘和感动,就像我第一次看到陈强的《黄河的渡过》一样。

记得张承志的《北方的河》发表以后,王蒙曾感叹:你他妈30年别写河了。可是10年之后,陈强又以另一种方式为我们立体地呈现了这条大河。这就是说:艺术的变化已使我们不能从一个角度谈论黄河,不管赞叹还是诅咒,现代人的意识在从自然的单一认识到发散型思维过程中已有了很大的"渡过"。黄河带给我们的不只是一个层面,它是历史、文化、地域、民俗的种种汇合与叠加。从这个意义讲,观念艺术在还原事物本身的过程中,已把人的思维过渡到与自然和谐统一的崇高境界。

多年来,我心里一直反复咏叹着这样一个古老的词汇:黄河、黄河。一次在收看中央电视台《黄河的渡过》专题片时,主持人在片子结束前让观众打开录音机,他说让我们一起来听听黄河的声音。这时电视上出现了黄河发源地——玛曲的画面:一湾细流澄碧如练、娴静妩媚、静如处子,整个青藏高原的大草甸上的大小水泊星罗棋布、熠熠闪光。一直到银川,它依然是绿野茫茫,良田阡陌。这时黄河的声音如汩汩流动的泉水;到了中游,它像一个负债累累的中年人,步履蹒跚、声音变得沉重起来……然后它左冲右突、南移北徙、一万里风雨、八千年日月,黄河终于汇聚成一条波浪翻涌、惊涛拍岸的大河,在黄河三角洲、在北纬37°,东经118°的渤海湾找到了自己的归宿。

记得在没有看完那组画面时,自己早已泪流满面。这就是黄河的力量,黄河触动了我灵魂深处的文化情结。

相比其他文艺作品,陈强的观念艺术《黄河的渡过》更显得深邃、博大。它的含义是多重的,我们既可以把它视为对母亲河的眷恋,也可看成是对这条泥沙混浊的河流的历史忧患,因为它的多义,才会激起人们纪念碑式的崇高而深邃的情怀,从而使我们溯流而上,最终抵达美丽的精神家园。

刊于2002年6月8日《青岛日报》

从散文的纸手铐进入阅读

《一个人的排行榜》(散文卷)无疑是近几年我读到的有关散文最好的国内选本。它拒绝平庸,承接了前些年诗歌、小说试验文本的脉络,呈现了当下散文写作的先锋姿态,是中国新锐散文作家的一次集中亮相。

思维的多元性是先锋散文家的特质。它们融叙事、抒情、议论、隐喻、象征、意象多种手法为一体。在这里我们体会了作家对外在空间的认识和生命体验的合二为一, 这种体验往往是思想性很难简单概括和

描述的。

对张锐锋的认识是从他的《月光:重释童年》开始的。那部散文对童年进行了重新想象、思考、解读。站在今天的立足点上,昨天的图像在时光中破碎,它们经过作家的笔重新复原,并将那些不能复原的部分变为想象的部分。这是一种人生考古学。在《古战场》一篇中,作家将杨继业抗辽的一段故事放在今天的思维中进行复原和解析,语言介于高贵与朴素之间,像一条大河缓慢、沉着,散发着诗性的光芒。东方意象与母语写作使其语感倾向于一幅幅壁画,让我们在阅读中体会了文章的空间感和纵深感。《古战场》短短一百多字的段落中,连续使用了公元、道路、庄子、骷髅、骏马、宝鞍、金属等词汇,集结式地调度了某些沉睡的词汇,为我们提供了重新咀嚼历史的机会。古典与现代的重叠,色彩、光线、影像的折射,构成了对传统散文概念的颠覆。在先锋散文的试验中,张锐锋是走在前面的。比如他的《月光》《河流》《祖先的深度》等名篇。

与之风格相近的还有庞培的《西藏的睡眠》。《西藏的睡眠》从全景式的角度,以宏大的叙述与生命体验相结合的方式,为我们呈现了一个多维的西藏。它既是地理的、人文的、宗教的,也是文学的、音乐的、绘画的。作品自始至终渗透着西藏盛大与苍凉的音乐背景。文字似乎与雪山、湖泊、牦牛、玛尼堆连在一起,散发着远古的神秘气息。

欧阳江河是中国诗界的领军人物,他漂亮的修辞有雪的气质,飘逸、冷静,像位冷艳的古典美人,读来寒光闪烁。正像他的诗句一样:怀里的书高得下雪。他的《手枪》《一夜肖邦》《最后的幻象》等名篇回忆起来至今令人震撼。比如"初恋能从一颗草莓过来吗""手枪可以拆开/一件是手/一件是枪""我从词根直接走进落日"。在散文《纸手铐,一部没有拍摄的影片和它的四十三个变奏》中,"纸手铐"作为一个虚构的象征,诗人借此作了关于人性的深度思考,像一个于宁静的夜晚独坐的智者,不断在形而上的层面上为我们推开一扇廊门,于回环复往中向纵深推进。诗性的语言、哲学的思考、散文自如的结构……这些元素在作品中奇妙地融在一起,充满着震撼和打击力度。散文与诗歌在形式和语言上到底有多大的包容和相似？苇岸在《大地上的事情》做了尝试。他用断想的手法记述了大自然在心灵中的图像，让我想起美国超经验主义作家梭罗的《瓦尔登湖》。事实上我更愿意把苇岸的作品当作诗歌来读。

欧阳江河在诗中说："局部是最多的，比全体还多出一个。"这个立场对体制散文，对形散而神不散的美学特质构成了挑战。

先锋化写作让我们看到，这个群体已进入泛文化层次与文化物的单向约定。在强调庞大的史诗性与深刻社会性的同时，追求作家的在场和情感的深度体验。对历史事件的质疑、对现实的思考以及叙述方式的改变、深邃的思想性、多种手法的运用，让我们看到散文进入了一个全新的境界。

正如祝勇所言："无论新散文呈现什么样的面貌，也无论未来作出怎样的判断，我都坚信奇迹会发生，对于那些不动声色中为体制散文挖墙脚的人我都会致以由衷的敬意。"随着先锋们的文字，日常生活进入形而上的层次，像一只巨鸟的翅膀，带着哲学的羽毛，让我在阅读中体会了飞翔的快感。

刊于2003年9月8日《青岛日报》

耿林莽：飞鸟的高度

"飞鸟的口中，衔一根死鸟的白骨。这是她从死难的鸟群中叼出来的，唯一的拯救，唯一的温暖。

要为它寻找

天葬的墓园"

这是耿林莽最近的诗集《飞鸟的高度》中的几句。现年75岁高龄的耿林莽先生原籍江苏如皋，从抗战争时期开始发表作品。像中国所有正直的知识分子一样，他也经历了不少坎坷，当他50岁以后重登文坛时，已过了写诗的最佳年龄，但命运带给一个优秀作家的不是沉沦，而是唤

散文诗的现状和实力。

文学到最后写的就是一种修养。作为一个75岁高龄的老人，除大量阅读古今中外的名著外，耿老对现代派作品的关注是老一代作家中所少有的。他经常提到博尔赫斯、里尔克、叶芝等外国诗人，并与国内诗人昌耀、西川、陈东东等有联系。海子和昌耀的死讯传来时，老人十分惋惜，写下了《海子歌谣》《哀思绵绵怀昌耀》。我读过这两篇文章，我能感觉到他的手是在不断颤抖中完成的，在隐隐作痛的文字中，我体会到一个正直作家人性的光芒。正是有了耿林莽、昌耀这些优秀的老一代诗人和王家新、欧阳江河、西川、陈东东、海子等才华横溢的青年诗人的共同努力，才构筑了当代中国诗坛的灿烂星空。

诗是"献给无限的少数人"（翟永明语），诗人必须用自己的努力和坚持去突破商品经济的重围，这是近期耿老不断强调的一个观点。在青岛东部一幢离海很近的公寓里，他用诗歌不断诠释着自己对生活的感悟与认知：

天堂在哪里？永生的乌有之乡在哪里？

飞鸟的翅膀张开，他在寻找。

这些灵光闪烁的诗句，钻石一样温暖着海滨的冬天。

刊于2003年5月8日《人民铁道》报

欧洲的忧伤

早年读都德的小说《最后一课》，老师在讲完课程之后，那句语重心长的告别语和教室里凝重的气氛至今难忘。孩子们怎么也没有想到，课上完了，美好的学生时光随着结束了，因为战争爆发了。"二战"是一场对世界历史产生重大影响的战争：无论政治、经济、文化以及人们的日常生活，甚至多少年以后人类的走向。对于许多经历二战的人来说，这都是美好生活的"最后一课"。自此，人们纷纷逃离自己的家园，奔向了遥远的异乡。

"二战"让欧洲的艺术家们普遍产生了一种忧伤情感。当法西斯的铁蹄踏遍美丽欧洲的土地，他们如同看到一块闪光的钻石在自己眼前突然破碎了。如果把《最后一课》作为长镜头无限延伸，我们会通过童年的视角，看到许多令人惊悚的场面：奥斯维辛集中营、大屠杀、毒气室、装甲车、一颗颗射出的子弹和一排排倒下的身影；看到一个令人窒息的、忧伤的、飘满大雪和伤痕累累的欧洲。所以德国美学家阿多尔诺感上肯定有塔可夫斯基的影子。《伊万的童年》中经常出现一些寓意深刻的象征镜头：战壕旁边斜插着十字架，预示着战争对上帝的亵渎，对人类信仰的毁灭。频频出现的伊万的梦境，预示着对和平的向往和对战争的拒绝。

《西西里的美丽传说》讲了一个发生在"二战"时期有关情感与命运的忧伤故事。在美丽的西西里岛小镇上，少年雷纳多骑着那辆在整部影片里自始至终都出现的自行车在阳光下穿梭。这时，玛琳娜款款地出现了。玛琳娜出现在情窦初开的一群少年的目光中，影片拉开了帷幕。二战期间的西西里岛小镇，成年男子都上了战场，12岁的雷纳多迷恋上美艳的拉丁语老师玛琳娜，他骑着自行车到处跟踪玛琳娜。当前方传回玛琳娜丈夫战死的消息后，成为寡妇的玛琳娜为了生存与多名男人亲近并接待过德国兵。当地的太太们狠狠教训了玛琳娜并把她逐出了小镇。雷纳多是寂寞的，他看着心爱的人无奈地堕落和受伤，只能将少年特有的忧伤和纯真深埋在心底。影片对战争中的人性进行了深层挖掘。当玛琳娜失去了一只手的丈夫没有死而是从战场上回到故乡时，悲剧感迅速在影片中蔓延。一年后，战争结束了，玛琳娜和自己的丈夫手挽手走过小镇的广场回到故乡。影片结尾，雷纳多帮玛琳娜捡拾撒了一地的西红柿，并且对着那款款动人的背影说：谢谢你。这是一个战争背后的故事：一个美丽性感的女人、一个性意识迷乱的少年，他们的命运与一场发生在远方的战争紧密相连。

在爱情的传说中，有一柄名为"土耳其之光"的匕首，来自伊斯坦布

尔的托加派皇宫。说的是一位公主爱上的一位婢女,她结婚那夜,公主向她祝贺,然后用这匕首杀了她,婢女死前的最后一滴泪滴落在锋尖成为一颗红宝石,而这时公主却在她耳边说:我爱你。而爱情在战争中已经无法诉说。

这是电影《钢琴师》中的一组画面:难民瓦瑞很长时间没弹琴了,别人告诉他在这间房子里不能弄出声音,他按捺不住。瓦瑞的手像一团火伸向键盘,他弹了琴。钢琴是他生命的一部分。

"你是谁?你在干什么?"一个德国军官发现了他。钢琴让瓦瑞想起自己的身份:我是钢琴师。

你弹一下琴吧。德国军官再说。瓦瑞在钢琴前坐了下来。琴声唤醒了两个人心中温暖的部分——德国军官是一位音乐爱好者,音乐让他从一个侵略者迅速变成了倾听者。

战争结束了,德国军官成了俘虏,命运的转换很快完成了。瓦瑞想起那个德国军官,他到处找他,但是没有找到。瓦瑞不知道他的名字。影片结束时才在字幕出现了那个德国军官的名字。那时,作为战俘,他已客死在一个苏联农场。

瓦瑞在弹琴。瓦瑞富有情感的手指长时间在键盘上滑翔。琴声足足持续了两分钟,直到画面结束,周围一片黑暗。

这是一段表现战争情感的乐曲,我想起忧伤的夜莺飞越欧洲夜空的景象。

现在让我们把镜头拉回来:假如《最后一课》的老师再次回到原来的教室,他郑重地站在讲台上说:孩子们,战争结束了,我们开始上课。这时他发现教室里空空的课桌前没有一个孩子。他的学生们有的在战争中牺牲了,有的流散到很远的地方,再也没有回来。我想起一道有趣的算术题:一棵树上有十只鸟,被枪打下一只后,树上还剩几只鸟?

是啊,战争之后,人类的心灵之树到底还剩几只鸟?

刊于2005年3月8日《青岛日报》

130

凯尔泰斯:心灵低诉

作为大屠杀的一部分,"二战""冷战"这些词带着令人窒息的气息,像轰鸣的装甲车渐渐远去。站在和平的桥头,凝视、反观灾难留下的精神黑洞,从而确认人类的心灵地址是一件痛苦而严肃的事情。电影《美丽的心灵》《钢琴战曲》再现了"二战"中纳粹的屠杀兽行,诺贝尔文学获得者——匈牙利作家凯尔泰斯·伊姆莱则以哲学的目光对灾难进行了人文关照。事实上凯尔泰斯的创作远远超过了"二战"的时间存在和"集中营"的空间存在;超过了对纳粹兽行的控诉和对人类堕落的揭露;超过了对个人苦难、甚至对犹太民族苦难的倾诉。

当代文化评论家爱德华·萨依德写《乡关何处》时,说是要记载一个被遗忘的世界,一部属于离乡背井、变动不居的身份认同的回忆。《乡关何处》(Out of place),并不是萨依德的个人情境,这种游牧、疏离、排斥、矛盾与人格格不入的种种现实与想象的情结,存在每个人那一个被遗忘的世界里。"乡关何处"的梦悯,可以说是20世纪的文化情境,相对在废墟背景下全方位观看人类自我方位的迷失等等都是有一定的意义。

凯尔泰斯的《英国旗》讲述的是从集中营出来的"青年克维什"在20世纪50年代所度过的灰色日子。通过一个个看上去断裂的场景,描绘了一个"根本就无法表述的"内心世界。《英国旗》使用了大量的诸如"也许""假若""最终还是""那就必须""可以这样形容"等一连串的不确定虚词,强调了一个贯穿小说始终的概念——"表述",并且说明自己"为了活下去"的目的,试图"表述"那些"根本就不可能表述"的东西……我从一开始,就被"英国旗"的这个悬念紧紧地抓住,跟着主人公经历了一次心灵历险。我们和主人公一起被席卷进了20世纪50年代匈牙利人民革命的大潮:在坦克的炮筒之下,在浓密的硝烟之中,在惨烈的血泊里,在凄凉的废墟上……我们和主人公一起望见了那面裹在

一辆吉普车车头的"英国旗"。其实,那到底是面什么旗帜并不重要,重要的是我们和主人公一起望到了飘在火山顶上的一面风筝;在一个没有铁丝网的"集中营"里壮起胆子发出了一声"无声的呐喊";在一场"曾经发生、正在发生、将要发生"的人类堕落中,捕捉到了一束"自由的意识"。作家在断续的回忆和表述中隐含了不堪回首的伤痛:"在我周遭所发生的一切——包括我本人在内——都被打碎成了画面与印象的碎片。"

《英国旗》的故事发生在"冷战时期"的匈牙利,对经历过"文革"的中国人来说,更容易找到共通的感觉,更容易产生深深的共鸣,这让我想起米兰·昆德拉的小说情境。凯尔泰斯不是为了讲述故事而讲述,也不是为了记录历史而写作,正像作家在小说中所说的:是为了能够"继续活下去",是为了"表述根本就不可能表述的生活"。凯尔泰斯·伊姆莱是位名副其实的作家他为了精神上的生存而写作,为了做人类的证人而写作。

凯尔泰斯的作品有着卡夫卡式的表现形式和存在主义的哲学内涵。他是20世纪遗留下来的最后一位孤独的哲学家。生存就是屈从。凯尔泰斯在《英国旗》中再次表达了这个观点。匈牙利著名作家艾施泰尔哈兹·波特说:在世界上有一种痛楚和一种彻底的屈从,我们只有通过凯尔泰斯的眼睛才可以看到,《笔录》使我在一个历险的、恐怖的瞬间里突然意识到一种屈辱,意识到自己是在哪里,或者说自己到底是在哪里。《英国旗》里那句反复出现的自我介绍:"我曾是塞朴·耶努"让我震撼。由此我想起人类从黑暗到光明,从地狱到天堂,从肉体到精神的变化和距离。萨特在《存在与虚无》的"时间性"一章做过关于"曾是"的论述,他说"过去犹如梦幻一般从存在那里滑走了"。人不能两次跨入同一条河流。时间改变了一切。而作为哲学家的凯尔泰斯在"我曾是塞朴·耶努"这句话里体会了什么呢? 忧伤、命运、不可改变的因素等等。

如果为人类的灵魂标一个经纬度,在人类走向未来的道路上,我们处在什么位置? 如果火车一直往前行驶,我们该在哪一站下车? 现在的生活是生命的欢乐颂还是精神的失乐园?《寻踪者》表达了人类突围时的精神迷失,从某种程度上呼应了萨依德"乡关何处(Out of place)"的话题。"特派员要靠什么才能够取证? ——如果没有人与他为敌,那么他又将与谁为敌? 他准备战斗,但却找到一个被人遗弃了的战场,他并非是在敌人的胁迫下放下武器,而是缺少敌人——"凯尔泰斯似乎要给自己的灵魂找一个出口和居所, 答案自然是荒谬的或者根本就没有答案,这是一个十分悲凉的话题。凯尔泰斯有着哈姆雷特式的忧郁。存在主义哲学有一个基本的观点:"他人"是"自己"的坟墓。我理解为与"自己"不能相融的环境因素,他们不断侵蚀人类脆弱的心灵。在这里,凯尔泰斯与米兰·昆德拉一样对白色恐怖有着天生的敏感与拒绝,那是一种生命不能承受之轻。

易卜生说:谁最孤独谁就最有力量。凯尔泰斯像一座孤独的岛屿求证着灾难的深度。他让我想起中国古代的隐士。大音希声。凯尔泰斯的作品适合在夜里阅读。当一切静下来时,黑夜沉到内心,只露出些微的灯光。在黑夜里体会他站在废墟背景下的孤独讲述,低缓而沉重。

我感到另一场灾难在内心持续着。那些弹片呼啸着从天空划过,落在对面的花园里,让这个秋天伤感而警醒。

刊于2003年第7期《青岛文学》

鼓:倾听与怀念

在途中行走,有一种声音始终响着:
一只鼓,又一只鼓。

岁月的手势起伏着一种木结构的物体舞蹈着向你靠近。这个秋天,在土地和宗教的歌声中,我把颤抖的手掌涂满酒气,等待某个时刻骤然而至。

倾听或怀念,你不可忘记:鼓的意境,鼓的经历。那种声音把我带到某种境界,我无法表达的感情在空旷的黄昏传得很远。

我看见许多闪光的面孔被神秘之火燃烧,深宅里红光一片。我卑琐的手掌仿佛大风中的高粱,一节节脱落。

倾听一种声音要很好的心境。月明山远,那些束身女子纷至沓来,纤手遥指去年的桃花。

谁的鼓槌从远古直逼我的骨头?她们红色的影子如文化之鱼,把我游得波光粼粼。

这是远离鼓声的平凡岁月。我在城市被草莓气息浸透,那些腰鼓远逝,如历史大鸟只留下雪白的鸟粪。

鼓呵,你们踏过的苍茫岁月,何时在我心中再次溅起无边的秋月、雪意和钟声。

刊于湖北长江出版社《60年散文诗精选》

在民间看一段腰鼓舞

优秀的鼓手总在最后的寂静里完成自己。他们的手指被火燃尽,只留下骨头。

那只木结构的腰鼓,在黄昏时刻掠过沙漠般的乡间。岁月的指纹开成无边花朵,鼓声使女人又苦又涩。民谣常在这时响起,如黄鸟的翅膀,遮蔽落日和民间忧乐。

鼓手通过声音逼近天空。

鼓手通过陶纹感受东方静寂,以及静寂之外的悲伤。

最先和最后的鼓手,在不同的天空重复相同的动作。

此刻,鼓声越过房脊,淹没了季节与农人的面孔。我看见他们进入黑夜与幻觉时空。

东方一片金黄,大陆十分遥远。

而鼓声斑斓如吉祥鸟,鲜红的鸟趾在神话中留下梦痕。

最后的心境是无声的。

这个夏日,我在开满罂粟的乡村听民间音乐。遥遥看见一团火焰舞蹈着进入黑陶,如垂下的帷幕无声无息。

刊于广西人民出版社《散文诗人20家》

交 谈

这时,我们在临近六月的窗前,看雨在对面天空下着,光从薄雾中透过。这很像我几年前的经历。你在对面的雨境里缥缈起来,很多事顺着雨伞流下。

一年后,我的记忆里总有一种声音。

那时,我们像两条平稳的船交臂而过,你化做礁石的消息通过鱼族的声音传达给我。迷航的经历使我习惯了黑色,因此我总能熟练地穿过黑夜。

这时,蜥蜴开始出现,它们褐色的花纹揭示墙缝的秘密,眼睛充满遥远的哲思。雨自然还在下着。你的感情之门一开一合,应该发生的事始终没有发生,花就在夏天之外落了。

那时,我住在北方的天空下。那些梧桐树的叶子不怎么好看,鸟群一只只飞走了。只有你在我梦中破门而入。

刊于广西人民出版社《散文诗人20家》

旋转猎场

城市发出滴血的声音。转身之际,草原成为背影。

狼在草丛消失,毛色闪烁不定。吼声变成一种象征,风雪以某种形式靠近。草原一闪就不见了。

那时你一枪能击穿无数夜晚,你的背影被风传唱着。草原深处,你的白马缓缓走进黄昏。

狼以寓言的方式走进城市。它们模拟各种叫声,亲昵诱人。这时我混迹于裘皮贩中间。一种温热的裘皮制品,令我想起遥远的草原岁月。

地平线消失于百叶窗前,生活的草色远离人间。

这时很想有支双管猎枪。猎鹰盘旋而来,世界苍茫而美丽。那些马群腾跃的姿势,在我心中久久不能宁静。

我们对坐之际,你的回忆波光粼粼,只是猎枪早在风雪之夜迷失。

一只狼在我梦中,悠闲地踱着步子。

刊于河南文艺出版社《中国散文诗90年》

经历一种

那些年,我在靠近雪山的房子里,阳光指涉遥远的叶子,火焰把我升起。在冬天,我将双手插入冰雪,以期待得到土地的恩情。十指散开那会儿,雪山还在升腾。

马群远逝为白骨,背景化为音乐。土墙的阴影中,窗棂隔开白昼,野外景色我常视而不见,因为许多花朵与我无关。

那些年水在河流消逝天空的云层变幻莫测,在炫红的下游,我通过落叶,忐忑地推测不同的结局。

冬天十分空旷，我们背靠同一背景，一些不真实的指纹覆盖了天空。铁质的叶子漫过屋脊，笼罩了童年，季节的变化使我有进入回廊之感。

那时我是一位翩翩少年，在靠近雪山的房子里，用牛粪焚烧爱情，活得糊涂不堪。

所有春天的踪迹进入黑夜，所有的生命和花。

刊于河南文艺出版社《中国散文诗90年》

在大雪中回望布达拉宫

布达拉，宫殿的王冠，
在茫茫原野，灵光闪烁。

朝圣的队伍，在太阳的逆光中，转经筒升起圣火，岩石令我感动。经书被反复传诵着，如同我在草原上听到孤独牧羊人的晚祷。雪自音乐的天空降临，往事如同藏民手中的念珠，从雪山的树上瞬间把我覆盖。

在大雪中接近布达拉宫。雪山越来越高，直至消失。你用一枚硬币就可走进许多城市，但布达拉离你很远。

布达拉，布达拉，我叫着你的名字。

如果转经筒响起，我将是一匹陂行的瘦马，一个向佛暗合的手势，一片高原的雪花或一句含混的藏语，在黄昏时逼近你。

我是八月离开草原的，布达拉在雪山筑起的沉寂里，如一部经书，瞬间将我粉碎。

我感到眼前一片雪白。

我感到世界一片雪白。

刊于广西人民出版社《散文诗人20家》

在风中遥看一棵芦苇

牛群疯狂的背影自草边一闪而逝,风暴以动物的速度逼近。河水变暗,很远就能听见母亲打破瓷罐的声音。

这时木船移动。声音加宽了河床,黑白分明的事物模糊了天空,远处,一支暗淡的草影在平静中摇动,如同我某个秋天的心境。

风暴临近,大地露出不安的面孔。我看见那些动物孤独地逃亡,它们的侧影加重了天空。风暴中心,一支暗淡的草影用摇动平衡自己。

木船继续移动。那会儿,我正在一间土屋读书,一本描绘风暴的书,令我想起很多事情。

那是秋天,雾气上升,露出山川和岩石。往事和木船一起移动。整个村庄在风暴中颤抖,只有芦苇,在风暴中平衡着自己。

多年后,我的心情也和芦苇一样,朴素而且宁静。

刊于湖北长江出版社《60年散文诗精选》

船:上升或沉没

船是这样的物体:在孤独中行驶。在沉默中感觉大海。

顺流而下或逆流而上。水上的方式别无选择,上升的云与沉落的船互为背影。

而我在岸边,用忧伤的手臂捞你,在波浪之上。

而隔着雨幕,我干涸的眼神只能与船的背影遥遥相对,只能从鱼骨的质地感受海的幽深。

船呵,每片海都是一个梦境。一只船使生命苍茫,一只船涌起白雪的浪花,一只船永远沉在海底。

那会儿东部正在下雪,那会儿我正无语独立。

一切都在赶着同一条路。群峰压住世界,我在雪地里遥望冬天,而船在路上,正用大火烧沸海水。

刊于湖北长江出版社《60年散文诗精选》

靠近雪山的房子

火焰升起之后,山形透彻清亮,啜饮雪水的嘴唇满含沉寂。

雪从童年开始到生命深处,

远去的马群让我无法回头。

下雪之前,万物回到本体,一种寻常的东西升到哲学高度。

总有些东西要被覆盖,总有些声音是听不见的。在阴阴的雪山之下,我用爱情压住大雪,听雪花自冬天落下。往事闪烁着,挂在墙头的兽角我始终不敢吹响。

那些来自冬天的光焰使硕果成熟。走出庭院,想到很远的远方去。心如苍鹰,胸如岩石,这时常听到苍茫的歌如马踏山冈,自雪野穿过。

在通往雪山的路上,必定有条山径与你的经历相似:序幕是花,结

局是雪。

至今我不敢说出自己热爱冬季。在靠近雪山的房子里,季节的雪唇把我吹成一片雪花。这时我的心情美丽,典雅。

越过冬季,那朵梅花在你对面湿淋淋地开着。

刊于广西人民出版社《散文诗人20家》

怀念但丁

我为什么沉默不语,在古老的国度。
我用圣火净化嘴唇。

沉落的过程,向上的经历,西方的哲学之花和东方的珠子,在你深邃的诗篇遍植花冠。当钟声响起,城市在海水的抚摸下异常平静。秋天奏鸣着,和着暗流的声音。

但丁,在古老的海水与玫瑰色的生活之下,我把废弃的机器装在高大的竖琴上,用低哑的嗓音唱着颂歌。

在无序的队列与有序的理念之间。

在死去的灵魂与活着的人们之间。

在阴暗的地狱与明丽的天堂之间。

怀念但丁。我把暗淡的铜器反复擦洗,以期认清斑驳的诗文。起居或生活,用平凡的生命加深咏唱。

我叫不出你的名字,但丁。

我的沉寂是深邃的陶纹。

地下的歌唱与高处的光芒在另一纬度重叠,像我在雨中看到的一场大火。但丁,你诗歌的光芒能否在我生命中重新出现?

140

这个秋天,我沉默地注视着东方:

孔子和我、菊与蝴蝶、陶、雕像的基座。

大理石的气质、瀑布和雪山之水。

沉船、水手、歌者、乞丐、流氓与狗。

一百只腰鼓的声音、花豹的走动。

风俗、衣食、象牙以及老虎的皮肤。

一切的一,一的一切。

但丁,在进入地狱的通道里,我迅速转身,把身体平放在你的建筑上,以上升的速度接近天堂。

刊于广西人民出版社《散文诗人20家》

时光漫笔

1

时间在博尔赫斯那里是一条通往交叉花园的小径,是一个失去的地名或国家,是一本并不存在的书。在霍金那里,时间可以是一条弯曲的弧线。在孔子那里时间是水:逝者如斯,不舍昼夜。在旅行者那里,时间是一个个车站,那些黑白相间的站牌记载着时间的距离。

在我这里,时间是一只饥饿的狗,它一直在我身后"汪汪"叫着,让我不敢有片刻的停留。为了追赶生活的电车,我们每天都在以下楼的速度,加快沉没。

2

船是这样的物体:在孤寂中远行,在沉默中感觉大海。顺流而下或溯流而上,水上的方式别无选择。

每片海都是一个梦境。一只船使生命苍茫。一只船涌起雪白的浪花。一只船永远沉在海底。我说的是甲午年间的沉船。

悲剧展开的海面上，一只锈锚展开一片往事，上面浮动冬天的月亮。在对世界的最后挽留里，没有一种物体比沉船更深情。在风暴里，许多生命没有声音，只有海浪粗暴的节奏。

从沉船回到内心：上升是多么美好的经历。

3

"影响"是这样一个概念：某种物体对周围事物所起的作用。比如墙在挡住阳光时留下了阴影。一堵墙挡住了另一堵墙。一个人挡住了另一个人。反之，那堵墙和那个人也成了"另一个"。

推而广之：白天影响了黑夜，冬天影响了夏天。如果从"蝴蝶效应"的原理出发，一棵草自然可以影响整个地球。

返回到事物本身还可以这样理解：风影响了风、水影响了水、草影响了草、花影响了花、星与星、光与光、枪与枪、刀与刀、月黑与风高。

在不同的领域我们领略过这样的现象：真理影响了谎言，谎言颠覆了真理。

4

"一粒沙子凉了"。曼德尔斯塔姆在1928年出版了他最后一本书，1938年，47岁的曼德尔斯塔姆死于斯大林集中营辗转的途中。在当时以及他消逝后的二十年里，他的名字几乎彻底从苏联文学的记录中擦除了。但是他的声音在几十年后再次闪亮。现在如果在俄罗斯出版一本他的诗歌选集，将会在顷刻之间销售一空。

"成垛的人头在向远方徘徊。我缩在其中。没人看见我。但在富有生趣的书中，在孩子们的游戏中，我将从死者中升起，说太阳正在闪耀"。曼德尔施塔姆的信念证实了:政治可以消灭一个人的生命,但不能淹没那些来自灵魂的声音。

5

"岛"是一位隐士。在远离喧嚣的世界深处"岛"获得了平静。在宇宙的视线里,"岛"没有离去。只是在与大陆的关系中保持了相应的距离,给人们提供了遐想的空间。

但是"岛"永远不会回来了。"岛"在不同的位置与我们一同观看云起云升,花开花落,却获得了不同的心得和有关世界的不同结论。

6

一些人在雨的背景下,错落地走动。一个人停了下来,然后往回走。这个人的面孔呈现雨的形状。

一些花在阳光下竞相开放,这些花让我想起另一些花。有一朵花始终没有开,这朵花在孤独的等待另一个季节。

但那个季节始终没有临近。

7

我们周围有这样一群人:他们常在车站和街头游弋,衣着简陋,目光模糊。他们出走家园的同时,也丧失了自己的地址。他们有一个共同的代号:民工。自上世纪末开始,民工们忧伤的身影划过麦田,向雾气笼罩的城市进发。

而人类的移位和错位现象是20世纪乃至21世纪最普通的现象。和安居比,漂流是人存在的另一种状态,有一些人注定生活在路上。他们寻求梦想,难以安于现状,他们是一些无根的人,悬浮在空间,漂浮不

定。

　　但城市有自己的识别系统。在故乡麦花飘香时节,他们只能在城市街头怅惘这个城市不属于他们。"民工"一直是我心疼的一个字眼,也是我们检验灵魂的砝码,它使良心发现了良心,使罪恶见证了罪恶。

　　就阅读而言,我越来越关注民间的声音,关注我们生活之外那些无家可归的人们。因为正是这些人构成了这个被称为"太平盛世"的基座。不幸的是,在许多人享受生活的同时,这个群体却被我们遗忘在视线之外。

8

　　雾里看花,谎言中的美比真实更美。雾里看花,但不可水底望月,水底的月亮阴气太重。

　　我常耽于幻想。常于秋天的草丛上,让花香把我覆盖。我常在生活中弄假成真。

　　现在不了。现在我习惯雾里看花,然后把真实的花一点点揉碎。在空茫中,遥想生命中有一场大雪。

9

　　街道沿着山势的坡度向上, 一直延伸到记忆的深处——它的对面一定也有与之相对应的斜坡和大致的景物:雕花的铁门、粗砺的石头、曲折的石阶。

　　远处闪着海的反光。夕阳的余晖下站着一个风烛残年的老人。有些灯刚刚打开,还未及照亮周围的事物,另一些灯已经灭了,而且永远灭了。

　　每当看到这样的景物,我只会有种莫名的感动。因为自然。因为岁月。因为许多一去不回的事物。

10

"有一个车站在虚构的城市。有一个建筑在洁白的纸上。有一个旅者始终在途中。有一辆火车总是晚点"。

一个车站可以虚构许多故事。这里有许多复杂的眼神,等待被生活唤醒。我们在用速度缩短距离的同时,也忽略了许多美丽的细节,忽略了生活最古朴的源头。

坐火车旅行时,我更注意途中那些低矮的村舍、乡民的手势、袅袅的炊烟、清澈的水塘,这是我们赖以生存的根。

11

有一个寓言:蝎子要过河。它对青蛙说:你背我过去。青蛙说:要是你途中蜇我怎么办?蝎子说:我不会,那样我们都会死去。如果我听了这话也会背蝎子过河。

结局是这样的:青蛙背蝎子过河,中途蝎子还是蜇了青蛙。青蛙痛苦地看着蝎子,蝎子说:我不想蜇你,但这是我的天性。

这个故事的寓意有点像《农夫与蛇》。只是蛇在这里变成了蝎子——它们的共同特征是个体说谎。

我的问题是:在集体说谎的年代,我们该怎样减少被欺骗的痛苦?

12

弘一法师,原名李叔同。盛年出家,步入佛门。

我始终不清楚大师如何在瞬间关上了尘世的大门。那一刻,他将风暴推向深处开始了与宇宙的对话。大师出家前一定看到了什么,那是关于生命与宇宙的不同幻觉。

光芒突然涌入——我想起这句话。他在我们看不到的通道渐行渐远,直至模糊。他留下的"悲欣交集"四个字包含多少玄机和心得? 他究竟看到了什么?

我只知道他与我们看到了不同的落日,不同的花开。

13

佛家讲的心无挂碍是一个常人不易达到的境界。佛教徒打坐时反复诵经或者重复拨动念珠,这个过程也是修性、慰藉心灵的过程。

在民间,中国妇女等待外出的丈夫时,在家所做的细密、繁复的针线活在相当程度上超越了物质的作用,而成为艺术——心灵的平复过程。在这里,简单就是一切。

14

电影《色戒》用了三个喻体暗示达世(片中的主角)自常人到僧人的内心轨迹。电影开头时,天空一只苍鹰叼着一块石头,石头慢慢滑落,砸死一只正在草坡吃草的羊。这里可以理解为命由天定。

片中,达世第二次修法前看到一段飘落的丝绸。暗示达世在世间情欲的消减。片尾,达世落发前,在河边看见一只裂纹的镜子——他看到了另一个达世。

达世走了,他会修为高僧的,在遥远的雪山之上。

15

蝴蝶在空中飞着,它美丽的使人伤感。生活也是这样,它在我们眼前稍纵即逝。你抓住的只是蝴蝶的标本,但"蝴蝶"飞走了。

文学企图记述美丽流逝的过程或阴谋的始末。我曾多次试图描述一只蝴蝶的美丽,但与真正的蝴蝶相去甚远,这是人与自然、文学与生活、生命与哲学的距离。

16

我的书房里有两种东西互相对应,一种是陶器,一种是花。陶代表了文化,花暗示着情感。我企图用他们扩展我的空间,结果往往陡劳。我们抓住了空气,却漏掉阳光。就像那只童年的蝴蝶,它已随时间的河流飞逝。

"如果你靠近一点, 留意水如何涌向花瓣/便会听见月亮/在根的黑夜里歌唱"(聂鲁达)。问题是:通过倒置的望远镜,我们能看到的时间究竟是什么?

17

阅读扩展了生命,延长了时间或者使时间在某个黄昏停住。就像那只蝴蝶,至今在我眼前飞着。阅读是写作的一部分,只有读书人知道其中的联系。如果写作是一部乐曲,阅读就是前奏或中间的过渡,甚至是背景音乐。

南方作家的作品像一条铺满石子的小巷,宁静中透着水汽。北方作家常给你铺开一张宣纸,场面开阔,其间回荡着杀气或北风呼叫。水土养育了作家的精、气、神。

就阅读而言我更喜欢南方作家的作品读来如听隔雨的琵琶,介入迷醉之间。《花样年华》就有这种效果,一种隐隐的震撼。

我在逐渐远离那些令人拍案惊奇的作品,在沉静中寻找欲哭无泪的感觉。

18

一些人带着现实主义的面孔,生活于虚幻的世界,所谓脚踏大地,仰望星空。在我眼里,建筑、树木、星空只是心灵的幻象,它们游弋于现实与幻觉之中,像一条鱼时而浮出水面,时而潜于水底。

而在不同的时空,它们哪个更真实?我们看到的只是视觉中的存在,但真实只留存于心灵世界。

如此,博尔赫斯的虚构更真实。

19

一个苹果从空中落下,过程相当美丽。我的问题是:有人无视这个过程,而看到了落地的苹果,这对人的心智是个考验。

生活必须学会放弃,这个世界,许多事情与我们无关。人只有拉上窗帘,才能回到自己的心灵世界,然后去追忆似水年华。

普鲁斯特就是在这种背景下开始了自己的写作。

20

中国传统文化里,风与思维、习俗、生存相关联。在《风雅颂》里,风专指古代十五国的民歌,与雅、颂相对应。

"大风起兮云飞扬",刘邦借风喻志,将战乱纷争的王侯心理尽显纸上。"风萧萧兮易水寒壮士一去不复还",一代刺客更是弹剑而歌,仰天长啸,活脱一幅壮士出宫图,令人冷到牙齿。

我到过杜甫苦吟"无边落木萧萧下,不尽长江滚滚来"的白帝城一带,全没有那种心境。杜诗中多风的描述,与自己一生坎坷有关。

在宋玉那里,风有雌雄之分。风有形,"风乍起,吹皱 池春水",被吹皴的春水正是风的形状。风有意,"谁念楼上月,临风怀谢公",风中的思念遥远绵缠。

雪莱在《西风歌》中这样写道:"你是秋的呼吸,啊,奔放的西风;你无形地莅临时,残叶们逃亡,它们像回避巫师的成群鬼魂;你周游上下四方,奔放的精灵,是破坏者,又是保护者;听啊,听"——在这里,风的描绘跃然纸上。

21

世界是一本书,不旅行的人只能看到其中的一页(圣奥古丁语)。真正的旅行是属于一个人的,只有这样人才可以与自然彻底融合在一起,变成自然的一部分。自然对城市人来说只是一幅可供欣赏的画或者一种记忆。

在大自然里我们会发现一种"寂静"。当我们真正进入这种寂静就会感到不安,因为我们离"自然"太远了。我们与"自然"已经失去了联系方式和交流的语言。

寂静是一种与喧嚣相对峙的精神空间,是树木年轮最深的一层,只有深入其中才可以看到。但真正的寂静与常人无关。

22

乡愁是文人的相思病。余光中的《乡愁》讲述了一种骨子里的疼,有"明月照关山"的忧郁。月是故国的月,山是梦里的山。

凯尔泰斯的"乡愁"是关于"二战"和犹太人命运的:"我知道得很清楚而且这样感觉到:这无可拯救。我想继续走下去,但是在我体内颤动着惶惑不安,某种无法抵御的乡愁"。塔可夫斯基的电影《乡愁》里有一组关于"家"的记忆片断:草坡上的房屋在烟雾中时隐时现;几棵树;悠闲的马和一只狗;乡亲忧伤的身影。画面透着对家园的深切怀念和永远

无法回归的情愫。

塔可夫斯基要说的不是具体的"家",而是关于祖国的、哲学的、精神深层意义上的,是人类的一段心灵史。他在谈到这部影片时说:"如今《乡愁》对我来说已成为过去。我从来不曾料到,自己那极其真切的乡愁,竟然如此迅速地盘踞了我的灵魂,直到永远"。

23

美国"机遇号"火星车在拍摄火星地平线全景画面时,幸运地拍到了火星日落的奇景——空气中的灰尘让太阳看上去是蓝色的。人们可以看到蓝色的太阳在地平线上迅速地黯淡下去。蓝色主要是灰尘散射太阳光线造成的。

"机遇号"火星车经过半年多的星际旅行,于美国当地时间1月24日在火星的"梅里迪亚尼平面"成功登陆。在其孪生兄弟"勇气号"屡屡受困火星的情况下,"机遇号"带着人类的梦想向遥远的火星飞翔并传回了令我们惊讶的消息这是人类与火星密切接触的"机遇"。

我们终于在习惯看到红太阳之外,知道太阳还可以是蓝色的。科学为我们打开了另一个空间。

24

玻璃是一种透明的物体。银光的城市凝在玻璃深处,远处的海,附近的花,一层层黑白分明。在暗处静坐或许可以看得更远。谁能隔着岁月看清另一个年代的脸?

我们可以把一个世纪看作一页玻璃。背后有战争、瘟疫,也有暗香浮动,万物花开。只是随时间的流逝,一切尘埃落定,只有记忆是真实的。

150

玻璃一旦破碎,没有一种事物能回到从前。

25

远行的鸟,拍击天空的翅膀被风折断,落在家园的屋顶上,翎羽闪烁。

远行的鸟在远处的山上,忆起途中遇到的风暴以及迷路的同类。

我无法说出另一场风暴正在临近。

我无法确认这场风暴来自何处。

26

我是这样理解"背景"这个词的:一群人,一片土地,一座沉默的火山。

手和手铐在一起,内心的平静反射在河面上。

我们这个牧耕的民族就这样从黑夜走来,给牛群套上重轭,把村庄烧毁,在与土地的对话中感受秋天的重量。

她们甩动沉重的骨节,用土语讲述庄稼、孩子和婚嫁的不幸。然后,在归途中为我们唱着哀伤的诗歌。

我总会在这时想起那些优秀的死者。

这时,民族就是我们唯一的背景。

27

"现场"是这样一种概念:一场事故或者一个案件必须具有时间、地点、人物等几个关键词。抽去其中一点,现场就不存在了。

更大的现场是看不见的, 它可以在更广阔的背景下展开:一个年

代、一段历史、一个种族。其中的人群身份复杂、情感模糊。在这里,可能人人都是嫌疑犯或者旁观者、目击证人。

生活本身就是一个很大的"现场"。

28

中国古代的雅士有佩玉、"养玉"之风。玉石经过打磨之后戴在身上,玉便"活"了。

文字是文化人用心灵"养"出来的。好的文字必须经过心灵的滋润后再现于书面。绘画和音乐也是如此。所以杜甫说"语不惊人死不休"。语言在他心里养的时间长了必有惊人之处。比如侠客长年在山里练剑,一旦出手自然寒光闪烁。文章到最后写的是一种修养。

好文章不是生活的克隆,而是心灵的图像。在这里你会看到山川草木日月星辰,一同展现于文人的笔下。

刊于2005年8月8日《青岛日报》

后 记

　　收入本书的文字是自己多年来的散文结集，它们大体记录了我的思维轨迹。这里有读书心得、旅行随笔，更多是自己对于这个时代的感触。其中部分文字，在我先前的文集《花园原址》中已收录过，再次收入本书时，我对这些文字进行了重写。

　　多年前，我在一场大雨中独行。那场雨或许成为我人生的缩影。许多年过去了，当年的记忆还是异常深刻，并在一定程度上影响到我的思维。我想起顾城的那首诗：阳光在空中一闪，又被乌云遮掩，暴风雨冲刷我心灵的底片。记得风暴临近时，大地露出不安的面孔，那些动物孤独地逃亡，它们的侧影加重了天空。我看到整个世界在风暴中颤抖，只有芦苇在风暴中平衡着自己。其实，对于个体的生命而言，我们只是风暴中的一棵芦苇，许多东西被瞬间击破。而对于一个写作者而言，即使被风暴击穿，也必须是一棵会思想的芦苇。

　　这些年，我们的生活在加速，如同呼啸而去的列车。我不知道眼前的景物谁在晃动，不能确认天空飘落的是记忆中的月色，还是现实生活中的一场大雪。在我的记忆中，那个多年前的小站已经废弃；曾经开阔的河流只留一条干涸的河床；那个铁路旁的村庄已成了开发区。而那辆在风暴中消失的马车一直留在我脑海里。它挥之不去，并在眼前愈加清晰。

　　从记忆中的那场大雨，到现实中的物质生活，我不知道哪个场景更真实。我已找不到那场大雨中的纸雨伞。我们弄丢了

153

那些承载美好时光的老地址。

　　时间很残酷。现在是2011年初春。我居所的玻璃模糊不堪，海的蓝光偶尔在楼宇间闪现。一辆不断加速的"火车"正从另一个车站驶出，我不知道它要把自己带到哪里，它使我的目光更加模糊。在这个被称为"盛世"的今天，我有着许多怀念和恍惚。或许我看到的只是幻觉。几年前的傍晚，我独自坐在贮水山的岩石上，望着夜色中的城市，心里不禁茫然。这种茫然被自己用散文的形式记录下来。我深知这些文字是肤浅的，但其中的情感是真实的。我向往自由的表述。在有限的写作过程中，我一直有意过滤掉那些虚伪的"体制"话语，期望说出自己真实的感受。

　　也许这个时代许多东西并不被我们接受，或者我们不被时代接受。但生活还要继续。明天依旧有风、有光、有太阳，甚至会有另一场让人猝不及防的大雨。

　　感谢一直关心自己的老师、朋友和亲人。